柴田元幸翻訳叢書

アメリカン・マスターピース
準古典篇

AMERICAN MASTERPIECES
1919-1947

Selected and translated by
Shibata Motoyuki

スイッチ・パブリッシング

柴田元幸翻訳叢書

—American Masterpieces: 1919–1947—

目次

Cover photograph, *The work boots of Floyd Burroughs, cotton sharecropper, Hale County, Alabama* by Walker Evans, 1936
写真提供：Everett Collection/アフロ

ブックデザイン　鳩貝工作室

AMERICAN MASTERPIECES
1919-1947

Selected and translated by
Shibata Motoyuki

柴田元幸翻訳叢書

アメリカン・マスターピース
準古典篇

グロテスクなものたちの書
The Book of the Grotesque
（1919）

シャーウッド・アンダーソン
Sherwood Anderson

作家は白い口ひげを生やした老人で、寝床に入るのにいささか苦労していた。元々、住んでいる家の窓はどれも高いところにあって、作家は朝目覚めたときに外の木々を見たいと思った。ベッドが窓と同じ高さになるよう、大工が改造しに来た。

これがずいぶん大事《おおごと》になった。南北戦争の兵士だった大工は、作家の部屋に入ってきて、ベッドを高くするための台を築く作業についてじっくり語った。作家はあちこちに葉巻を置いていて、大工はそれを喫った。

しばらくのあいだ二人でベッドを高くする話をし、それからいろいろほかの話をした。元兵士は戦争の話題を持ち出した。というか作家がそう仕向けたのだった。大工は一時期捕虜としてアンダソンヴィル監獄に入れられ、戦争で弟を亡くした。弟は餓死したのであり、その話をするたび大工はいつも泣いた。大工も作家と同じく白い口ひげを生やしていて、泣くときに唇をすぼめるのでひげが上下に揺れた。葉巻をくわえてしくしく泣いている老人の姿は滑稽だった。ベッドを高くするために作家が考えていた案は忘れられ、結局大工が自分のやり方でそれをやり、作家は六十を超えているというのに夜ベッドに入るとき椅子に乗らないといけなかった。

ベッドの上で作家は脇腹を下にして横になり、じっと動かなかった。何年も前から、心臓をめぐる思いに苛まれていた。作家はヘビースモーカーで、鼓動が不規則だった。いつの日か何の前ぶれもなしに死ぬんじゃないかという思いに取り憑かれて、ベッドに入るたびにそのことを考えた。怖くはなかった。実際、そこから生じた思いはちょっと特別なものであり、容易には説明できない。その思いのおかげで、ベッドに入っているあいだ、ほかのいかなるときにも増して作家は真に生きていた。身じろぎひとつせずに横たわり、肉体は老いてもはやあまり役に立たなくなっていても、彼の中の何かはどこまでも若かった。妊娠した女性のようなものだが、中にいるのは赤ん坊ではなく若者だった。いや、若者でもない、それは女性だった、女性で、若く、中世の騎士のように鎧《よろい》を着ていた。そう、高いベッドに横になって心臓の不規則な鼓動に耳を澄ましている作家の中に何がいるのか、言葉にしようとするのは馬鹿げている。捉えるべきは作家が、あるいは作家の中にいる若い存在が何を考えているかなのだ。

　作家は世界中のあらゆる人々と同じく、長い人生で実に多くの思いを頭の中に蓄積してきた。かつて作家はなかなかの美男で、何人もの女性が彼に恋していた。そしてもちろん、いろんな人を、多くの人を知るに至った。あなたや私が人を知るのとは違う、奇妙に親密な形で作家は多くの人を知った。少なくとも作家はそう考えていて、そう考えることで気分がよくなった。まあ年寄り相手に、本人が考えていることについて難癖をつけても始まらない。

　ベッドの中で作家は、夢でない夢を見た。少し眠くなってきて、でもまだ意識がある時点で、いろんな姿かたちが目の前に現われた。これはきっと、自分の中にいる若い、言葉にしようのない存在がいろんな姿かたちをえんえん行進させているのだと作家は想像した。

　こうして作家の前を通っていった姿かたちこそ、この話全体で何より興味深い。彼らはみんなグロテスクなものたちだった。作家がかつて知っていたすべての男女が、一人残らずグロテスクになっていたのだ。

グロテスクなものたちは、みんながみんな恐ろしくはなかった。何人かは愉快であり、何人かはほとんど美しいと言ってよく、また一人の女はすっかり形が崩れてしまっていてそのグロテスクさが老人を傷つけた。彼女が出てくると、作家は小さな犬が哀れっぽく鳴くような音を立てた。部屋に入ってきた人がいたら、この老人は嫌な夢を見てるんだろうか、それともひょっとして消化不良なのか、と考えたことだろう。

一時間にわたってグロテスクなものたちの行進は老人の眼前で続き、それから、苦しいことではあったけれど、老人はベッドから這い出て書きはじめた。グロテスクなものたちの一人が心に強い印象を残し、彼はそれを言葉にしたかったのだ。

机に向かって老人は一時間書きつづけた。やがて彼は本を一冊仕上げ、これを「グロテスクなものたちの書」と題した。それはどこからも出版されなかったが、私は一度見たことがあって、消しがたい印象が心に残った。その本の核にはひとつひどく奇妙な考えがあり、それがずっと私の頭にとどまった。私はそれを思い起こすことによって、以前はどうしても理解できなかったいろんな人や物が理解できるようになった。それは込み入った考えだったが、簡単に言えばだいたい次のようになる。

世界がまだ若かった始めのころ、世にはたくさんの思いがあったが、真理というものはひとつもなかった。人間が自分でいろんな真理を作り上げ、それぞれの真理はたくさんの漠然とした思いから成る複合物だった。世界中に真理があって、それらはどれも美しかった。

老人は自分の本の中で何百という真理を列挙していたが、私はここでそれをすべて語るつもりはない。処女性の真理があり、情熱の真理があり、富の真理、貧しさの真理、倹約と浪費の真理、不注意と奔放の真理があった。真理は何百何千とあってどれもが美しかった。

そのうちに、人間たちがやって来た。一人が現われるたびに真理をひとつ摑み取り、逞しい者は一ダースばかり摑み取っていった。

人間をグロテスクにしたのはそれらの真理だった。これについて老人には非常に込み入った持論があった。彼が考えるところでは、一人の人間がひとつの真理を自分一人のものにして、自分の真理と呼び、それに従って人生を生きようとしはじめたとたん、人間はグロテスクになり、抱《いだ》く真理も嘘になるというのだった。

あなたにもおわかりだろうが、生涯ものを書いて過ごしてきて体の中に言葉が一杯詰まっているこの老人は、この件について何百ページも書くことになる。この問題が老人の頭の中でどんどん大きくなっていって、下手をすれば彼自身グロテスクになってしまいかねない危険が生じるだろう。でもそうはならなかった。おそらくその理由は、彼がその本をどこからも出版しなかった理由と同じなのだろう。老人の中にいる若い何かが彼を救ったのだ。

作家に頼まれてベッドを改造した大工のことを私が話題にしたのは、あくまでこの大工が、庶民と呼ばれる無数の人々と同じように、作家の書いた本に出てくるすべてのグロテスクなものたちの中で、理解しうるもの、愛しうるものにもっとも近い存在となったからである。

インディアン村
Indian Camp
（1924）

アーネスト・ヘミングウェイ
Ernest Hemingway

湖の岸にもう一隻ボートが寄せてあった。二人のインディアンは立って待っていた。

ニックと父親はボートの船尾《とも》に乗り込み、インディアンたちがボートを押して出し、一人が漕ぐために乗り込んだ。ジョージ叔父さんはキャンプのボートの船尾に座った。若い方のインディアンがキャンプのボートを押して出し、ジョージ叔父さんを漕いで運ぶために乗り込んだ。

二隻のボートは闇のなかを出発した。もう一隻のオール受けの音が、霧のなかニックの耳にはずいぶん先の方から聞こえた。インディアンたちはせかせかと小刻みに漕いだ。ニックは父親の片腕に包まれてうしろにもたれていた。水の上は寒かった。二人を乗せたインディアンは懸命に漕いでいたが、もう一隻のボートは霧のなかどんどん彼らを引き離していった。

「どこへ行くの、お父さん」とニックは訊いた。

「インディアン村だよ。ひどく具合の悪いインディアンのご婦人がいるんだ」

「ふうん」とニックは言った。

入江を越えると、もう一隻のボートはすでに浜に寄せてあった。ジョージ叔父さんは闇のなかで葉巻を喫っていた。若いインディアンがボートを浜辺の上の方に引っぱり揚げた。ジョージ叔父さんは両方のインディアンに葉巻を与えた。

ランタンを持った若いインディアンのあとについて彼らは浜辺を上がっていき、朝露でぐっしょり濡れた草地を抜けていった。やがて森に入って、細道をたどり、山の方に入っていく材木道路に出た。材木道路は両側の立木が伐ってあったからずっと明るかった。若いインディアンは立ちどまってランタンを吹き消し、みんなで道路を先へ進んでいった。

曲がり目を越えると犬が一匹吠えながら出てきた。前方にインディアンの樹皮剝ぎ人たちが住んでいる掘っ立て小屋の明かりが並んでいた。犬がもっとたくさん飛び出してきた。二人のインディアンが犬たちを小屋の並ぶ方に追い返した。道路に一番近い小屋の窓に明かりが灯っていた。老婆が一人、ランプを持って戸口に立っていた。

中では木の二段ベッドに若いインディアンの女が横たわっていた。女はもう二日前から赤ん坊を産もうとしていた。村じゅうの老婆が女を助けていた。男たちは道路の先の方に避難して、闇にうずくまり、女の立てる音が聞こえないところで煙草を喫っていた。ニックとインディアン二人が父親とジョージ叔父さんのあとについて小屋に入っていくと同時に女は悲鳴を上げた。女は下の段のベッドに横になっていた。キルトをかぶった体がすごく膨らんでいた。頭は横を向いていた。上の段には女の夫がいた。夫は三日前に斧で自分の足を切って大怪我をしていた。夫はパイプを喫っていた。部屋はすごく嫌な臭いがした。

ストーブで湯を沸かすようニックの父親は命じ、湯が沸くあいだニックに話しかけた。

「このご婦人は赤ん坊を産むんだよ、ニック」

「わかってるよ」とニックは言った。

「わかってない」と父親は言った。「いいか、よく聞けよ。この人がいまやっているのは分娩《ぶんべん》と言うんだ。赤ん坊は生まれたがっているし、この人も産みたがっている。体じゅうの筋肉が産もうと頑張ってる。この人が悲鳴を上げるときに起きてるのはそういうことなんだよ」

「なるほどね」とニックは言った。

ちょうどそのとき女が声を上げた。

「ねえ父さん、何か悲鳴を止めるものあげられないの?」とニックは訊いた。

「いや。麻酔は持ってないんだ」と父は言った。「でも悲鳴は重要じゃない。重要じゃないから、父さんには聞こえないんだよ」

上の段の夫が壁の方に寝返りを打った。

台所にいた女が医師に湯が沸いたことを身振りで知らせた。ニックの父親は台所に入っていき、大きな薬罐《やかん》に入った湯を半分くらい盥《たらい》に空けた。薬罐に残った湯のなかには、ハンカチにくるんであったいくつかの物を入れた。

「そっちのは沸騰させないといけない」と父は言って、キャンプから持ってきた石鹸を使い、盥に入れた湯のなかで両手をごしごしこすりはじめた。石鹸を塗られた父の両手がたがいにこすり合わさるのをニックは見守った。両手をきわめて入念に、徹底的に洗いながら、父は喋った。

「いいかニック、赤ん坊というのは頭から先に生まれてくることになってるんだが、ときどきそうじゃないことがあるんだ。そうじゃないときは、みんなえらく苦労する。このご婦人も手術しないといかんかもしれない。もうじきわかるよ」

手が十分綺麗になったと見てとると、父は部屋に戻って作業をはじめた。

「そのキルトめくってくれるかい、ジョージ？」と父は言った。「できれば私は触りたくないから」

やがて父が手術をはじめると、ジョージ叔父さんとインディアンの男三人が女を押さえつけた。女はジョージ叔父さんの腕に嚙みつき、ジョージ叔父さんが「このアマが！」と言うと、ジョージ叔父さんを乗せてボートを漕いできた若いインディアンが笑った。ニックは父に言われて盥を持っていた。何もかもすごく時間がかかった。父が赤ん坊を取り上げてぴしゃぴしゃ叩いて息をさせて老婆に渡した。

「ごらん、男の子だよ、ニック」と父は言った。「インターンの仕事は気に入ったか？」

ニックは「まあね」と言った。父がやっていることが見えないよう顔をそむけていた。

「さあ。これでよし」と父は言って何かを盥に入れた。

ニックはそれを見なかった。

「さて」と父は言った。「何針か縫わないといかん。これは見てもいいし見なくてもいい、好きにしていいぞ。切開したところを縫い合わせるんだ」

ニックは見なかった。好奇心はとっくに失せていた。

父は作業を終えて立ち上がった。ジョージ叔父さんとインディアンの男三人も立ち上がった。

ニックは盥を台所に持っていった。

ジョージ叔父さんが自分の腕を見た。若いインディアンが懐かしむように微笑んだ。

「オキシドールを塗ってやろう、ジョージ」と医師は言った。

彼はインディアンの女の上にかがみ込んだ。女はもう静かになって目を閉じていた。顔色はひどく青かった。赤ん坊がどうなったかもわかっていなかったし、何もわかっていなかった。

「明日の朝また来る」と医師は立ち上がりながら言った。「昼までにはセントイグナスから看護師が来る。必要な物はみんな持ってくるはずだ」

試合を終えて更衣室にいるフットボールの選手みたいに彼は高揚し、口が軽くなっていた。

「こいつは医学雑誌ものだぜ、ジョージ」と彼は言った。「ジャックナイフで帝王切開やって、九フィートの腸線《ガット》のテーパーリーダーで縫い合わせたんだからな」

ジョージ叔父さんは壁を背にして立ち、自分の腕を見ていた。

「ふん、あんたは大した人だよ」とジョージ叔父さんは言った。

「父親も見てやらんとな。こういうごたごたで一番辛いのはたいてい父親なのさ」と医師は言った。「全体、ずいぶん静かに耐えたと言っていいんじゃないかな」

彼はインディアンの頭から毛布を引きはがした。戻ってきた手が濡れていた。片手にランプを持って下段のベッドの縁に乗り、覗いてみた。インディアンは顔を壁の方に向けて横たわっていた。喉が耳から耳まで切れていた。血が流れ落ちて、体の重みでベッドが凹んだところにたまっていた。頭は左腕に載っていた。開いた剃刀が、刃を上にして毛布に埋もれていた。

「ニックを外に出してくれ、ジョージ」と医師は言った。

その必要はなかった。台所の戸口に立っていたニックは、ランプを持った父親がインディアンの首の傾きを戻したときに、上段ベッドの情景をはっきり見てしまったのだ。

ちょうど夜が明けるころに、彼らは材木道路を歩いて湖に戻っていった。

「連れてきてごめんよ、ニッキー」と父親は言った。手術後の高揚はもうすっかり消えていた。「あんなひどいことにつき合わせて悪かったよ」

「女の人って子供を産むときいつもあんなに大変なの？」とニックは訊いた。

「いや、あれはものすごく例外的だよ」

「あの男の人どうして自殺したの、父さん？」

「わからないよ、ニック。たぶん我慢できなかったんじゃないかな」

「自殺する男の人ってたくさんいるの？」

「そんなにたくさんはいないよ」

「女の人は？」

「めったにいない」

「全然いないの？」

「そんなことはないよ。たまにはいるさ」

「父さん？」

「何だい」

「ジョージ叔父さんはどこ行ったの？」

「そのうち戻ってくるさ」

「父さん、死ぬのって大変？」

「いやニック、けっこう簡単だと思うよ。時と場合によりけりさ」

二人はボートの上に座っていた。ニックは船尾にいて、父親が漕いでいた。太陽が山の上にのぼって来ていた。一匹のバスが跳ねて、水の上に輪ができた。ニックは片手を水に入れてなぞった。朝のぴりっとした肌寒さのなか、水は温かく感じられた。

早朝の、湖の上、父親が漕いでいるボートの船尾にいると、自分は絶対に死なないとニックは確信した。

ハーレムの書
The Book of Harlem
（1927）

ゾラ・ニール・ハーストン

Zora Neale Hurston

第1章

1 ジャズボその父の金銭《シケル》を数へハーレムへ発たんと志せり。10 父ワム、ジャズボを祝福
せり。14 ジャズボ、ハーレムに来《きた》れり。18 ジャズボ、当世風暮しを学びておほいに遊び
戯れり。

1 さて当時《このころ》遠くへ旅せし者ら、生れ育ちたるジョージア州ウェイクロスに戻りて、若人《わかうど》らに言へり、聴け、見よ、我は遠く大《おほ》いなるバビロンまで旅せり、彼《か》の都市《まち》のハーレムと呼ばれし一画に赴きて、比類なく格好好《カッコよ》き肌茶色なる者たちを数多《あまた》見たり、いやそれが心臓止まるかってくらい美人《べっぴん》のピンク・ママとかいるわけよ。

2 彼《か》の者かく語り、更に多くを語りて、若人等《ら》の心、羨望《ねたみ》に染《そま》れり。

3 我も大いなるバビロンに行きたしと心燃えるが如くなりしが、シケル、銀貨もドル紙幣も足らずしてそこまで行く交通費がまずないわけで。

4 然《され》どそこへワムの息子ジャズボなる者来《きた》りて、若人等に語りし者の言《ことば》を聞き、ジャズボ心

に謂《いひ》けるは我も行かん、父ワムには多くのシケル有ればなり。

5　然《され》ばジャズボ、父に言へり、「見よ、我、男になれり。ならば我、世に出て富の道を求むべけんや、それでついでにさ、おほいに徳高き乙女《をとめ》を見出し、妻に娶《めと》るべけんや」

6　「まあそうかもしれんけど」と父言へり、「然《され》ど汝、何故《なにゆゑ》に遠くの都市《まち》へ行きて邪《よこしま》なる毒婦《どくふ》の中に妻を探すや、お隣のコーラちゃん、信心篤《あつ》き少女子《をとめご》にして、必ずや汝に多くの息子を産まん、それにあの子の焼く丸麺麭《ビスケット》は天下一品だぜ」

7　而《しか》してジャズボ、父の前に立ち、軽蔑《さげすみ》に鼻を鳴《なら》して謂けるは、「我の焦《こが》れしもの丸麺麭には非《あら》ず、ならば何故《なにゆゑ》我、丸麺麭焼きを娶るべきか。見よ、人は麺麭《パン》のみにて生くるに非ず、生より出《いず》る諸《すべて》の快楽《けらく》を味はふが為なれば。勘弁してくれよ、我なんぞあんなただのお湯沸《わか》したみたいのを娶るべけんや、大いなるバビロンに行きたればこりゃもう扁桃腺に入ってくるカクテルみたいないい女がわんさといるってのにさ」

8　ワムこれを聞きて、然《しか》して衣《ころも》を裂けり、その心おほいに思ひなやめればなり。

9　然《しか》れどもワム、息子の願ひを容れるや、ジャズボ、巨額の小切手を父に所望し、ハーレムの若鳩若鶏かならずや穀粒を求めん、と説くも、ワム、この一言たりとも解せず、おほいに困惑せり。

10　然《され》ど翌朝ワム起《おき》たりてジャズボに小切手を与へ、旅立つ子を送り出せり。

11　而《しか》して若人バビロンに向ひて急ぎ、ペンシルヴェニア・ステーションなる、方々より来りし汽車の交はれる場に降立《おりた》てば、数多のポーター、ジャズボを襲ひて、幾人かは紅《くれなゐ》の帽子を被《かぶ》りたりしが、口々に叫べり、「ポーター要りません？　その鞄、汝に代りて我運ばん」。たがひに鬩《せめ》ぎあひ争へるも、やがて一人他《ほか》を打倒《うちまか》し、ジャズボの荷を運べり。

12　駅を出《いで》てバスと呼ばるる堂々たる乗物の許に赴き、ジャズボ、ポーターの差出《さしだ》せる手を握りて上下に振り、その厚情《あつきこころ》を切に祝し、いやーバビロンってよそ者にほんとに親切なんだなあとつくづく感じ入り、乗物の動き出せるを見て、持物《もちもの》全てを携《たずさ》え乗込みて走り去り、ポーターには如何《いか》なる心付《チップ》も与へず。

13　而《しか》してポーター、忿怒《いかり》にたへず、ジャズボを巡りてその名を瀆《けが》す言《ことば》を数多叫べり。「見下げた蜚蠊《ゴキブリ》の息子が！　草鞋虫《ワラジムシ》の扁平足の倅《せがれ》の癖して、俺を何だと思ってやがるんだ？　糞ったれが！」更に少なからぬ罰当りを言放《いひはな》つも、ジャズボはもう着々ハーレムに向かっていたのでそのひとつとして聞こえませんでした。

14　ジャズボ、ハーレムびとに交《まじ》はりて暫《しば》し寄寓《とどま》りしのち、街頭《まちなか》に出《いで》て乙女等を眺めたれば、見よ、乙女等の麗しく、ジャズボの心いと悦び、来てよかったなあとしみじみ思へり。

15　ジャズボ、すれ違へる乙女に片端《かたはし》から笑みを投げたり。真《まこと》に父の緑なる紙幣、更には銀なる貨幣がポケットにわんさとあったわけで、「エヘン」と咳払いしたりするんですが向こうはいっこうに笑みを返してこない。而《しか》して高慢なること甚《はなはだ》しき娘、うち帰ってラディッシュでも料理しなとジャズボに言放ち、ジャズボ心重く宿に戻れり。

16　而してジャズボ、相部屋の者に嘆きたる、「噫《ああ》我、乙女等と楽しまんと旅せしが、いまだ一人たりとも我に笑みを向けざるなり。我ポケットにシケルなかりしか？　我若くなかりしか？　我の顔猿に似たるが故、我と戯れる乙女なかるべしか。おゝ隣の寝床《ベッド》で眠れる人よ、どうしてだか教えてくださいよ！」

17　而して相部屋の者、ジャズボに諭《さと》して言ひけるは、「通販で購入せるズボンで絶世の美女を求むは愚かなり。先《ま》ずは行きて飛びきり幅広のオックスフォード・ズボン調達し、小間物も各種揃へるべし。又、髪切りの店を探し、あとマッサージとマニキュアも大事ね、寝床に入るも躊躇《ためら》ふばかりに頭髪の艶々となるやう留意せざるべからず、何てったって明日もバッチリ決めて街へ繰り出すんだからさ。然《しかう》して踊りの館、ジャズの神殿に急ぎて、足首を格好《カッコ》好《よ》く揺すること学ぶべし。更には汝の舌を芭蕉《ばなな》で潤《うるほ》し、含嗽《うがひ》するが如く喉にて戯言《ざれごと》を鳴《なら》し、女の面前に出《いで》る度《たび》一本の線の汝の口より流れ出《いで》しめよ。然《しか》らば乙女等、挙《こぞ》つて汝をもてはやし、ちやほやし、あんたってほんとイケてんのねと言はざる者なからん。そうなったらもうよりどりみどり、汝いまだ若くして雄々しき美丈夫《びぢやうぶ》なれば」

18　ジャズボ、友に勧められしこと全て為し、鏡にて己《おの》が姿眺めたれば欣喜《きんき》せり。

19　而してジャズボ、踊りの館《やかた》に赴き、数多の喇叭《ホーン》咽《むせ》び泣き、太鼓《ドラムス》轟き、洋鈸《シンバル》の高らかに鳴り響くを聞けり。而《しか》してジャズボの足目覚め、床《フロア》を間断なく打ち、踊り方がわからんもんだからひたすら自分の胸を叩いてたんですね。

20　給仕の者等来りて酒食を供せるも、値段はぼるし態度は生意気だしジャズボ怒れり、給仕等の脳木《あたま》の如く愚かなれども、信《まこと》に彼等の舌、真鍮の如く厚かましければ。

21 さて今喇叭《トランペット》鳴りて、曲尺八《サキソホン》咽び泣き、諸人《もろびと》こぞりて起上《たちあが》り、二人又二人フロアに降立《おりた》ち、いやもうシェイクしまくっております。

22 或者《あるもの》おほいに高ぶりてジグウォークに興じ、又或者凄《すさ》まじき勢ひにてメスアラウンド演じ、更に或者、麗しき乙女と共にバンプ＝ザ＝バンプに耽《ふけ》りこりゃもうまるっきりボルチモア・バンプってゆう感じに盛上《もりあが》り心に悦びたり。

23 而《しか》してジャズボ、肝《きも》に憧憬《あくがれ》を抱くも、あんなのどうやりゃいいんだよと己《おの》が髪掻《か》き毟《むし》れり。

24 然《しか》れども、その唇柘榴《ざくろ》の如き乙女目で以《もつ》てジャズボに呼びかけ、「いざ我等も床《フロア》に降立ちこれを為さん」と目にて誘ふも、ジャズボ懼《おそ》れたり。然《しか》れども乙女の前に歩み出《いで》て言ひけるは、「我汝の僕《しもべ》なり、紹介もされてないのに憚《はばか》らず汝に言《いひ》よるを許し給ふか？」

25 然《しか》るに乙女の唇ジャズボの呟き言事《こと》もなく去《いな》し、共に床《フロア》に立ちて、乙女ジャズボに幾多の舞《ダンス》伝授し、両人《ふたり》おほいにバンプ、メスアラウンドにて盛上《もりあが》れり。

26　而《しか》して乙女頭《かうべ》をジャズボが肩に委ね、ジャズボが口あんぐりと開き、ジャズボ乙女に父のシケル持てるを告げ、乙女ジャズボを愛したり。而《しか》してジャズボ顎に芭蕉《ばなな》の油塗りたくりて乙女の耳を悦ばし、乙女ミンクの毛皮のコート十二気筒のセダン美しき宝石高値なる衣《ころも》を夢見たり。然《しか》れどもジャズボ言ひけるは、これ皆汝に告げるは戯れなり、こんな感じに言えば受けるかなーと探るに過ぎず、いやバッチリ受けたみたいで我心に悦べり。斯《かく》して両人《りやうにん》納得の上各々《おのおの》の住処《すみか》に戻れり。

27　而《しか》してジャズボ最早《もはや》この乙女のこと想はず、再び夜となりて他《ほか》の歓楽の神殿に行《ゆ》きて同じ業《わざ》為せり。これを幾多の晩為せり。

28　斯《かく》してジャズボ、ハーレムびとの地に暮すこと多くの月に及び、多くのこと学び、けっこうキツい皮肉なんかも言えるようになりまして、己の田舎者たる身の上も忘れしが、而《しか》してジャズボ先祖の年代記読み耽《ふけ》り、その語り、誰それを産めりに満ちたることを見、我も妻《めと》を娶り て数多の息子娘を産むべし、我が子等我のシケルを受け継ぐべしと思ひ定めり。

29　而《しか》してジャズボ、口開きて隣の寝台《ベッド》に眠れる相部屋の友に謂《いひ》けるは、「我おほいに徳高き乙女を見出し娶《めと》らんと欲す、我に告げよこれ如何《いか》に為し得るか。それでさ、乙女《をとめ》の処女《をとめ》たるを主エホバ如何《いか》に顕露《あらは》し給ふか」

30「ハ！　乙女その人に問ふべし、されば乙女汝に告げん」友、真顔にて斯《か》く答へ、ジャズボ合点《がてん》せり。今やジャズボ、美しく悦ばしき多くの乙女の知己《ちき》得たりて、謂たるは、「信人《まこと》は麺麭《パン》のみにて生くるに非ず、麗しき者の唇より滴《したた》る芭蕉油《ばななあぶら》の一滴一滴にて生くるなれば」

31　而《しか》してその夜ジャズボ、おほいに見目《みめ》麗しき娘の許《もと》を訪ね、汝は処女《をとめ》なりしかと問ひ、ええそうよと娘答ふ。而《しか》して両人《ふたり》夫婦の契約《ちぎり》を結び、ジャズボ妻にミンクのコート、数多の高価なる衣、十二気筒セダンを与へ、幾年《いくとせ》の永きにわたり猫一匹プードル一匹を飼っていました。

おわり

ローマ熱
Roman Fever
（1934）

イーディス・ウォートン
Edith Wharton

I

ランチを食べていたテーブルから、盛りを過ぎた、だが身なりの整った中年のアメリカ人女性二人が、いかにもローマのレストランらしい高いテラスを横切り、欄干に寄りかかって、まずたがいを見てから、眼下に広がるパラティーノとフォロの輝かしい眺めを見下ろし、その間ずっと、漠とした、だが好意的な是認の表情を保っていた。

二人がそこに寄りかかっていると、下の中庭に通じる階段から、若い娘らしい声が陽気に響いてきた。「あら、それなら来なさいよ」と声は、二人ではなく見えない同伴者に向かって叫んだ。「若い人たちには編み物をさせとけばいいわよ」。そして同じくらいみずみずしい声が笑いを返した。「ねえバブズ、いくらなんでも編み物なんて――」「うん、まあ喩えて言えばってこと」と最初の声が応じた。「考えてみればあたしたち、両親にそれくらいしか、すること残してあげてないでしょ……」そこからあとは階段の向きが変わって、会話を呑み込んだ。

二人の婦人はふたたびたがいを見たが、今回は苦笑がその表情に混じっている。小柄で青白い方が首を横に振り、わずかに顔を赤らめた。

「バーバラったら！」彼女は小声で、聞かれるはずもない叱責を、階段で発されたからかいの声に送った〔「バブズ」は前出の「バーバラ」の愛称〕。

もう一人の、よりふくよかな、肌の艶もいい、確固とした小さな鼻を活気ある黒い眉が支えている婦人が陽気に笑った。「あたしたち、娘世代にああ思われてるわけね！」

大したことじゃない、と言いたげなしぐさで相手は応えた。「私たち二人をってことじゃないわ。そのことは覚えておかないと。母親というものの、今日《こんにち》の全体像よ。それに、ほら――」なかば疚しそうに、見栄えのいい作りの黒いハンドバッグから、二本の細い編み針が刺さった深紅の絹の撚《よ》り糸が出てきた。「いつ何があるかわからないでしょ」と彼女は小声で言った。「暮らしが新しくなって、つぶさなきゃいけない時間、すごく増えたじゃない。見るだけじゃ時には飽きるしね――これほどの眺めでも」。そう言って彼女のジェスチャーは、足下に広がる途方もない情景に向けられた。

肌の色が濃い方の婦人がふたたび笑った。それから二人とも風景に戻っていき、黙ってじっくり眺めたが、二人のあいだにはある種、春のローマの空を覆う輝かしさを借りたと言ってもおかしくない麗《うらら》かさが広がっていた。昼食の時間はとっくに過ぎていて、だだっ広いテラスの片側を二人は占領している。反対側の端では二、三のグループが、遠くに広がる都市から目を離すのを惜しんでいまだぐずぐずしていたが、さすがにそろそろガイドブックを片付けはじめ、チップを出そうと財布を探っている。最後のグループも散っていき、風に洗われる高みにいるのは、この二人の婦人だけになった。

「まあ、このままいて悪いことないわよね」とスレード夫人――色艶がよく眉に活気のある方である――が言った。使い古された籐椅子が二脚そばに置いてあり、夫人はそれを押して欄干の角度に合わせ、片方に身を沈めて、まなざしをパラティーノに向けた。「何と言っても、いまだに世界で一番綺麗な眺めだもの」

「これからもずっとそうよ、私にとっては」友のアンズリー夫人も同意した。「私」にほんの少し強調が置かれたことにスレード夫人も気がついたが、あまりに微妙な強調だったので、たまたまだろうか、とも思った。古風な手紙を書く人がやたらに引く下線のようなものか。

「グレース・アンズリーはいつだって古風だった」とスレード夫人は考えた。そして口では、しみじみ顧みる笑みを浮かべてこうつけ加えた。「あたしたち二人とも、もう何十年と親しんできた眺めよね。初めて会ったとき、あたしたちはいまの娘たちより若かった。覚えてる？」

「ええ、覚えてるわ《アイ・リメンバー》」アンズリー夫人が小声で言った。今度も曰く言いがたい強調が「アイ」に置かれている。そして彼女は「あのヘッドウェイター、どうなんだろうって思ってるみたい」と言い添えた。明らかに、自分についても、世界における自分の権利についても、友ほど確信が持てていない。

「どうなのか言ってあげようじゃないの」とスレード夫人は言って、アンズリー夫人のそれと同じく裕福さを慎ましく伝えているハンドバッグに片手をのばした。合図してヘッドウェイターを呼び寄せ、こう訊ねた。私たちは長年ローマを愛してきた者たちで、午後の終わりまでこの眺めを見下ろして過ごしたいのだが、それでお店の邪魔にならないだろうか……。夫人から受け取ったチップにヘッドウェイターは深々と頭を下げ、もちろん大歓迎でございます、もしそのままディナーにもお残りくだされば望外の喜びですと請けあった。満月の晩ですから、きっとよき思い出に……。

あたかも月への言及が場違いで、不快ですらあるかのようにスレード夫人の黒い眉に皺が寄った。が、ヘッドウェイターが立ち去るとともに夫人は笑みを浮かべ、その渋面を追い払った。

「まあそれもいいわね。もっとひどい手はいくらでもある。娘たちがいつ帰ってくるか、わかったものじゃないしね。そもそもどこから帰ってくるのか、あなたわかる？　あたしにはわからない！」

アンズリー夫人はふたたびわずかに顔を赤らめた。「大使館で会ったあの若いイタリア人の飛行士たち、飛行機でタルクィニアへお茶を飲みに行きましょうって誘ったのよね。きっと暗くなるまで待って、月の光で帰ってきたいでしょうね」

「月の光――月の光！　いまも大事な役を果たしてるのねえ。娘たち、あたしたちに負けずセンチメンタルかしらね？」

「私、もう決めたのよ、あの子たちのことはまるっきりわからないって」アンズリー夫人は言った。「それにもしかすると、私たち、おたがいのこともそんなにわかってなかったかも」

「そうね。わかってなかったかも」

アンズリー夫人はおずおずと、友を一目見た。「あなたがセンチメンタルだなんて思いもしなかったわ、アリーダ」

「どうかしらね――そうね、センチメンタルじゃなかったかも」。スレード夫人は過去をふり返って瞼をぎゅっと合わせた。子供のころからずっと親密な仲だった二人の婦人は、自分たちがいかにたがいを知らないかにしばし思いをはせた。むろんどちらも、相手に貼りつけるラベルは用意出来ている。たとえばデルフィン・スレード夫人はホレス・アンズリー夫人について〔当時はフルネームでミセス……と言うときはファーストネームを夫の名にするのが正式〕、一人胸の内で、あるいは誰かに訊かれたら、二十五年前彼女はこの上なく繊細に美しかったと評したことだろう。ね、信じられないでしょ？……でももちろんいまだってチャーミングだし、気品があって……。でね、娘のころはほんとに繊細だったのよ。娘のバーバラよりずっと美しかった。まあもちろんバブズの方が、少なくとも新しい基準で見る限り、もっと印象的ですけどね。いまふうに言えば、エッジが効いてる。誰から受け継いだのかしらねえ、両親は二人とも全然パッとしないのに。そのとおり。ホレス・アンズリーは……妻の複製みたいなものだった。旧きニューヨークの、博物館に陳列された標本。ハンサムで、非の打ちどころがなく、どこまでも模範的。スレード夫人とアンズリー夫人は何年も、比喩的にも文字どおりにも向かいあわせに暮らしてきた。東七十三丁目20番地の居間のカーテンが新調されれば、向かいの23番地はかならずやそれを意識した。そして引越し、買い物、旅行、記念日、病気等々についても然り。品格ある夫婦の、生気なきクロニクル。その何ひとつスレード夫人は見逃さなかった。とはいえ、夫がウォール街で大きく当てたころにはもう、彼女はそうしたもろもろに飽きてしまっていて、パーク・アベニューの北の方に家を買ったときも、すでにこう考えはじめていた――「たまにはもぐり酒場の向かいとかに住みたいわねえ。少なくとも警察の手入れが見られるもの」。グレースが警察の手入れに遭う、と考えるとひどく愉快だったので、引越す前、女同士の昼食会でこの着想を披露してみたところ、大いに受けてあちこちに広がっていった。夫人は時おり、これって道を渡ってグレースのところにも届いたかしら、と自問した。届いてないといいけど、と思ったもののさほど気にしなかった。当時、体面なんてものは大して値打ちがなかったし、非の打ちどころなき人のことを少しくらい笑ったところで、当人たちに害が及んだりはしなかった。

数年後、何か月も間隔を空けずに、二人の婦人は相次いで夫を亡くした。花輪とお悔やみの言葉がしかるべく取り交わされて、喪に服した薄闇の中で親密さがつかのま回復され、そしていま、ふたたび間《ま》が空いたあと、二人はローマでばったり出くわしたのである。どちらも同じホテルに泊まっていて、どちらも年頃の娘の慎ましい付属物。立場が似たり寄ったりであるおかげで、近しさが戻ってきた。ちょっとしたジョークを交わしたり、たがいに告白しあったり――昔は娘たちを「追っかける」なんてくたびれる話だったろうけど、いまは逆に、追っかけないのもちょっと退屈よね。

でもきっと――とスレード夫人は思った――グレースよりあたしの方がずっと、手持ち無沙汰が堪《こた》えている。デルフィン・スレードの妻から彼の未亡人に変わったのは大きな転落だった。彼女は常々自分を、（夫婦としてのいささかのプライドとともに）社交の才に関しては夫と同等だと見なしてきた。自分たちのような並外れたカップルを作る上で、自分もしっかり貢献しているのだ、と。夫が死んで、事態は取り返しようもなく変わった。国際的な案件をつねに一、二抱えている有名な企業弁護士の妻として、それまでは毎日何かしら、刺激的な、予想外の責務に直面していた。海外から訪れた大事な同業者を、準備の間もなくもてなす。急な仕事でロンドン、パリ、ローマに飛んでいって、劣らずたっぷりのもてなしを受け、背後からこんな科白が聞こえる愉快——「えっ、あのお洒落で目許《めもと》の涼しい美人がミセス・スレード？　あのスレードの奥さん？　ほんとに？　普通、有名人の奥さんってすごく地味じゃない」

　そう、そういうあとで、あのスレードの未亡人という役割は何とも冴えなかった。あれだけの夫に恥じぬよう生きるには、持てる力をすべて駆使する必要があった。いまは娘に恥じぬよう生きればいいだけ。父親の才能を受け継いだと思えた息子は少年時代に急死してしまった。その辛さをどうにか生き抜けたのも夫がいたからこそ、夫に助けられ夫を助けたからこそだ。父親が亡くなったいま、息子のことを考えるのも一気に耐えがたくなった。娘の世話を焼く以外、すべきことは何もない。そして娘ジェニーは何から何まで完璧で、さして世話の焼きようもなかった。「バブズ・アンズリーが娘だったら、こんなに静かにしていられるかしらね」と、時おりなかば妬ましい気持ちでスレード夫人は思うのだった。その華やかな友より歳も若いジェニーは、世にも稀な、運命の悪戯とでも言うしかない存在だった——すごく可愛いのに、その若さも可愛らしさも、そんなもの全然ないのと同じくらい無難に思えてしまう娘。何とも戸惑わされる話であり、スレード夫人にとってはいささか退屈でもある。せめて恋愛でもしてくれないものか。いっそよからぬ男にでも恋してくれれば、こちらとしても目を光らせ、策を弄し、救出する必要に迫られる。だが現に目を光らせているのはジェニーの方で、母がすきま風を浴びていないか、強壮薬はちゃんと飲んでいるか、たえず気を配ってくれている……。

アンズリー夫人は友に較べて、いろんなことを一々言葉にしたりもせず、頭の中で思い描くスレード夫人像ももっと簡素で、言ってみれば筆遣いもずっと淡かった。「アリーダ・スレードはすごく賢い。でも自分で思っているほど賢くはない」――要約すればそれに尽きる。とはいえ、他人にもっと伝えようと思ったら、若いころはあれでものすごく威勢よかったんですよ、くらいはつけ加えたことだろう。娘よりずっとそうでした、まあもちろん娘も可愛いしそれなりに賢いですけど、母親の、ある人が「チャキチャキさ《ヴィヴィッドネス》」と呼んだものは持っていません。アンズリー夫人はそういう今ふうの言葉を、いわば引用符付きで使い、それが前代未聞の大胆なふるまいだったように響かせた。そう、その点ジェニーは母親とは全然違う。時おりアンズリー夫人は、アリーダ・スレードは失意の人ではないかと考えた。概して悲しい、失敗と過ちに満ちた人生を送ってきた人。アンズリー夫人は常々、彼女を気の毒に思ってきた……。

二人の婦人はかようにたがいを思い描いていた。どちらも小さな望遠鏡を逆さにして友を見ていたのである。

Ⅱ

二人は長いあいだ何も喋らず並んで座っていた。目の前に巨大な〈死を忘るるな《メメント・モリ》〉が広がり、自分たちのいささか虚しい営みをしばし放棄できて、二人とも何だかほっとしている様子だ。スレード夫人は身動きひとつせず座り、目はカエサル宮殿の金色の斜面にじっと注がれ、しばらくするとアンズリー夫人もハンドバッグをそわそわいじるのをやめて、やはり黙想に沈んでいった。ごく親しい友人同士が多くそうであるように、いままで一緒に黙り込んだ経験が一度もなかったので、長年つき合ってきて自分たちの親密さがどうやら新しい段階に、それもまだどう対処していいかわからない段階に達したことを、アンズリー夫人はいささか気まずく感じていた。

突然、あたり一面に、ローマの街を定期的に銀の屋根で覆う、あの深い鐘の音が響きわたった。スレード夫人が腕時計をちらっと見た。「もう五時ね」夫人は驚いたかのように言った。

アンズリー夫人が探りを入れるように「五時から大使館でブリッジよね」と言った。長いあいだスレード夫人は答えなかった。物思いにふけっている様子で、きっと耳に入らなかったのだとアンズリー夫人は思った。だがしばらくするとスレード夫人が、あたかも夢の中から喋っているような声で言った。「ブリッジ、って言った？　あなたが行きたいんじゃなかったら……けどあたしは行かないと思うわ」

「ううん、私も」アンズリー夫人は急いで請けあった。「全然行く気ないわ。ここはほんとに素敵だもの。それにあなたが言うとおり、昔の思い出が詰まっているし」。夫人は椅子に身を落着け、ほとんどこっそりという感じに編み物を取り出した。スレード夫人はこの動きを横目で見てとったが、自分自身の、完璧に手入れした手は膝の上で動かないままだった。

「いまちょっと思ってたんだけど」スレード夫人はゆっくり言った。「旅行者にとってローマって、世代ごとに違うものを表わしてるのよね。あたしたちの祖母の世代には、ローマ熱。あたしたちの母親には、センチメンタルな危険――あたしたち、過保護もいいところだったわ！で、あたしたちの娘にとっては、田舎町の目抜き通りの真ん中ほどの危険もない。娘たちは知らないのよ、どれだけ多くが自分には見えていないかを！」

黄金色の長い光も色褪せてきて、アンズリー夫人は編み物をいくぶん目の近くに持ち上げた。

「ええ、私たちほんとに過保護だった！」

「あたし、いつも思ってたわ」スレード夫人が先を続けた。「あたしたちの母親の方が、祖母たちよりずっと厄介な仕事を抱えてるって。ローマ熱が街にはびこっていたときは、危険な時間に娘たちを家にとどめておくのも案外楽だったにちがいないわ。でもあなたやあたしが若かったときは、これほどの美があたしたちを呼んでいて、反抗っていうスパイスも加わって、日没後の涼しい時間に風邪をひく程度の危険しかないときてるんだから、母親たち、あたしたちを家から出さずにおくのに一苦労だったわよ――そう思わない？」

彼女はふたたびアンズリー夫人の方を向いたが、相手は編み物が込み入った段階に達していた。「一、二、三……二つ飛ばす。ええ、きっと苦労したでしょうね」顔も上げずにアンズリー夫人は同意した。

スレード夫人の目はいっそうの関心とともに友に向けられた。「この人、これを前にして編み物できるんだわ！　ほんとにこの人らしいわ……」

スレード夫人は椅子の背にもたれて暗い思いに沈み、視線は目の前にある遺跡から、フォロ・ロマーノの細長い緑の窪地、その向こうの教会の正面を照らす薄れゆく光、さらに先に広がるコロッセオへと移っていった。ふっと夫人は思った。「いまどきの娘たちはロマンチックな感情だの月の光だのを捨てた、とかみんな言っている。でもこの人の娘のバブズときたら、どう見てもあの若い飛行機乗りを——侯爵でもある人を——つかまえる気でいる。うちのジェニーはバブズと並んだらとても勝ち目はない。そのこともあたしにはわかってる。それだからこの人、娘二人がどこへ行くにも一緒なのを喜ぶのかしら？　可哀想に、うちのジェニーは引き立て役——！」。スレード夫人はほとんど聞こえぬくらいの笑い声を漏らし、その音にびくっとしてアンズリー夫人は編み物を落とした。

「え——？」

「あのね——ううん、何でもない。ただ思ってたのよ、あなたのとこのバブズは向かうところ敵なしよね。あのカンポリエリの息子、ローマでも指折りのお相手よ。あら、そんな何も知らないみたいな顔しないでよ――あなただってわかってるはずよ。それであたし不思議だなあって思ってたのよ、いえ全然けなすつもりなんかじゃないのよ、それはわかってよね……だからね、どうしてあなたとホレスみたいな、お行儀のお手本みたいな両親から、あんなに元気一杯の子が出てきたのかなって」。スレード夫人はふたたび、ほんの少し棘々しさを込めて笑った。

アンズリー夫人の両手は、編み物針の上に力なく横たわっている。夫人はまっすぐ前の、足下に広がる情熱と栄華のなれの果てに目を向けた。だがその小ぶりの横顔はほとんど無表情だった。そのうちちゃっと夫人は「ねえ、あなたバブズのこと買いかぶりすぎてると思うわ」と言った。

スレード夫人の口調が気さくになった。「いいえ、そんなことない。あたしにはあの子のよさがわかるのよ。それに、あなたのこと妬んでいるのかもしれない。そりゃね、あたしの娘だってもちろん完璧よ。もしあたしが寝たきりの病人だったら、そりゃあ――そりゃまあジェニーに世話してもらいたいわよ。きっと……でも！ あたしはいつも、華やかな娘が欲しかったのよ……なのに何で代わりに天使を授かったのか、どうしてもわからない」

アンズリー夫人は相手の笑い声にかすかな呟きで応えた。「バブズも天使よ」

「もちろん――もちろんよ！ でもあの子の翼は虹色なのよ。まあとにかく、あの子たちは若い男と一緒に海辺をさまよっていて、あたしたちはここでじっとして……ちょっとばかり、過去があざやかに戻ってきすぎるわよね」

アンズリー夫人はさっきから編み物を再開している。見ようによっては（つまりこの人のことをそんなに知らない人が見たらってことだけど、とスレード夫人は思った）アンズリー夫人の胸中でも、この荘厳な遺跡の長くのびつつある影の中からあまりに多くの思い出がよみがえってきていると思えるかもしれない。でもそれは違う。この人は単に編み物に没頭しているだけだ。この人に何の心配事があるだろう？　バブズがまず間違いなく、最高に望ましい相手カンポリエリとの婚約を決めてくることをこの人は知っている。「そうしてこの人はニューヨークの家を売り払ってローマの娘夫婦のそばに落着いて、でも決して二人の邪魔はしない……そうするには如才なさすぎるもの。でもしっかり一流のコックを確保して、ブリッジやカクテルにも最適の人たちを確保して……そうして孫たちに囲まれて、完璧に安らかな老後を過ごすのよ」

未来をめぐる想像の飛翔を、激しい自己嫌悪とともにスレード夫人は断ち切った。自分に誰か一人、薄情に考えてはならない人間がいるとしたら、グレース・アンズリーこそその誰かではないか。あたしはいつまで経っても、この人を妬むことをやめられないのだろうか？　妬みはじめたのがあまりに早かったのか。

夫人は立ち上がり、欄干に寄りかかって、悩める己の瞳を、この心安らぐ時間の魔法で満たそうとした。ところが心安らぐどころか、その眺めに苛立ちはいっそう高まるように思えた。夫人のまなざしはコロッセオの方を向いた。すでにその黄金の側面は紫の影に埋もれ、上空は水晶のように澄みわたって弧を描き、光も色もなくなっている。昼と晩とが天空の真ん中でちょうど釣りあっている時間だ。

　スレード夫人は向き直って、片手を友の腕に当てた。そのしぐさの唐突さにアンズリー夫人はハッと顔を上げた。

「日が沈んだわ。あなた、怖くない？」

「怖い――？」

「ローマ熱とか、肺炎とか？　あの年の冬、あなたがひどい病気だったことあたし覚えてるわよ。若いころ、喉がすごく華奢だったでしょう？」

「ああ、ここまで上がっていれば大丈夫よ。下の、フォロだと、たしかにいきなりすごく寒くなったりするけど……ここは平気」

「やっぱりあなたよく知ってるのねえ、すごく注意しないといけなかったものね」。スレード夫人はまた欄干の方を向いた。夫人は思った。「この人を憎まないよう、もう一度努力しなくちゃ」。そして声に出して言った。「ここからフォロを見下ろすたびに、あなたの親戚の話、思い出すわ。大伯母さん、だったわよね？　おそろしく邪悪な大伯母さん？」

「ああ、大伯母のハリエットね。夜咲く花をアルバムに足したいからって、日没後に妹をフォロに送り出したと言われている。私たちの大伯母さんとかお祖母さんとか、みんな押し花のアルバム持ってたのよね」

スレード夫人は頷《うなず》いた。「でも妹を送り出した本当の理由は、姉妹で同じ男に恋をしていて――」

「ええ、それが一族内伝説だった。何年もあとにハリエット伯母さんが告白したんだってみんな言っていた。とにかく妹はローマ熱に罹って死んだ。私たち姉妹が子供だったころ、よく母親がその話をして私たちを怖がらせたわ」

「そしてあなたはその話であたしを怖がらせた――あたしたち二人ともまだ若い娘で、ここに来ていたあの冬に。あたしがデルフィンと婚約していた冬に」

アンズリー夫人がかすかに笑った。「あら、そうなの？　私があなたを本気で怖がらせたの？　あなたはちょっとやそっとじゃ怖がらない人だと思うけど」

「まあそうしょっちゅうは怖がらない。でもあのときは怖かったのよ。幸せすぎたから、簡単に怖がったんだわ。それってどういうことか、わかるかしら？」

「そうね――ええ……」アンズリー夫人は口ごもった。

「だからこそあなたの悪い大伯母さんの話、強く印象に残ったんでしょうね。あたし思ったのよ、『もうローマ熱はなくなったけれど、日が沈んだあとのフォロは命にかかわる寒さだわ――特に昼間暑かったあとは。そしてコロッセオはそれよりもっと寒くて、もっと湿っている』」

「コロッセオ――？」

「そうよ。夜に門が閉まったあとに入るのは容易じゃなかった。全然容易じゃなかった。それでも、あのころは何とかなったし、実際たびたび何とかしてたのよ。よそでは会えない恋人たちがあそこで会った。そのこと、知ってた？」

「え——ええ、たぶん。よく覚えてないわ」

「覚えてない？　あなたある晩、日が暮れてすぐに、どこかの遺跡を訪ねていって、ひどい寒気に襲われたこと、覚えてないの？　あの日あなた、月が昇るのを見に行ったことになってたわよね。そうやって出かけたせいで寝込んだんだって、みんないつも言ってたわよね」

一瞬の沈黙があった。それからアンズリー夫人が応えた。「みんなそう言ってたの？　もうずっと前のことだから」

「そうね。そしてあなたの病気も治って、それでどうでもよくなった。でも、あなたの友人たちは驚いたと思うわ——だから、あなたの病気の理由を聞いて。だってみんな、あなたは喉が華奢だからいつもすごく用心深くしていて、お母様に丹念に世話してもらっていることも知っていたから。なのにあの晩は、夜遅くまで景色を眺めていたわけでしょ？」

「たぶんそうなんでしょうね。どんなに用心深い女の子でも、年じゅう用心深いってわけじゃないから。どうしていまになってそんなこと考えたの？」

スレード夫人はこれに対してすぐには答えがないようだった。けれども一拍置いたあと、出し抜けにこう叫んだ——「どうしてって、とにかくもう耐えられないからよ——！」

アンズリー夫人がさっと顔を上げた。目が見開かれ、顔は青ざめていた。「耐えられないって、何に？」

「だから――あなたがなぜ行ったのか、あたしがずっと知ってたのをあなたが知らないことによ」

「私がなぜ行ったのか――？」

「そうよ。あなた、あたしがハッタリ言ってると思ってるのね？　あなたはね、あたしが婚約していた男に会いに行ったのよ――あなたをあそこに行かせた手紙の一言一句、あたしは言ってみせることができる」

スレード夫人が喋っているあいだに、アンズリー夫人はよろよろと立ち上がった。パニックのなか、ハンドバッグ、編み物、手袋が地面に落ちた。彼女はスレード夫人を、幽霊を見ているような目で見た。

「駄目、駄目よ――やめて」夫人は口ごもりながら言った。

「何でよ？　聞きなさいよ、信じないんだったら。『僕の愛しい人、もうこんなことは続けられない。君と二人きりで会わないといけない。明日、日が暮れたらすぐコロッセオに来てくれ。君を中に入れてくれる人がいるから。誰にも疑われはしないから大丈夫』――でもあなた、ひょっとして手紙に何と書いてあったかも忘れちゃったのかしら？」

挑むような問いを、アンズリー夫人は意外な落着きをもって受けとめた。椅子に手を掛けて体を支え、友を見て、「いいえ、私も一字一句覚えてるわ」と答えた。

「それじゃ、署名は？『君だけのD・S』。そうだった？ そのとおりでしょ？ その手紙のせいであなたはあの日、日が暮れてから出かけていったのよね？」

アンズリー夫人は依然相手を見ていた。スレード夫人から見て、その小さい静かな顔のしっかり制御された仮面の蔭で、緩慢な葛藤が生じているように思えた。「この人がこんなにしっかり自分を抑えられるなんて」とスレード夫人はほとんど憤りとともに考えた。だがその瞬間、アンズリー夫人が口を開いた。「あなたがどうやって知ったのかわからない。私、あの手紙すぐに燃やしたのに」

「そうよね。当然、そうするでしょうよ――あなたって本当に用心深いから！」。あざけりはもうはっきり表に出ていた。「で、手紙は燃やしたのに、なぜあたしがその中身を知ってるのか、あなたは不思議に思っている。そうでしょ？」

スレード夫人は待ったが、アンズリー夫人は何も言わなかった。

「ねえいい、なぜあたしが知ってるかというと、あの手紙、あたしが書いたからよ！」

「あなたが書いた？」

「そうよ」

二人の女性はしばし、一日最後の黄金の光の中に立ち、たがいに茫然と見合っていた。やがてアンズリー夫人がどさっと椅子に座り込んだ。「そうなの」と彼女は呟き、両手で顔を覆ってた。

　スレード夫人は落着かなげに次の言葉か動きを待った。何も出てこなかったので、しばらくしてから、「あたしのこと、ひどい人間だと思ってるでしょうね」と言った。

　アンズリー夫人の両手が膝に落ちた。手が離れた顔には涙の筋が走っていた。「あなたのこと考えてたんじゃないわ。私が考えてたのは……あの手紙、あの人からもらったただ一通の手紙だったのよ！」

「そうしてそれを書いたのはあたしなのよ。そうよ、あたしが書いたのよ！　でもあの人と婚約していたのはあたしだった。そのこと、あなた覚えてた？」

　アンズリー夫人の頭がふたたび垂れた。「私、弁解する気はない……私、ちゃんと覚えてた……」

「なのに、あなた行ったの？」

「なのに行ったのよ」

　かたわらにいる小柄のうなだれた人の姿を、スレード夫人は見下ろした。怒りの炎はもうすでに収まっていた。どうしてこんな無意味な傷を友に負わせて自分が満足するだなんて思ったのか、よくわからなかった。でも弁明せずにはいられなかった。

「わかってもらえるわよね？　あたしは真相を知った――そうしてあなたを憎んだ。本当に憎んだ。あなたがデルフィンに恋してるとわかって、あたしは怖かった。あなたが怖かった。あなたの静かなふるまいが、感じよさが怖かった……あなたの……とにかくあなたにいなくなってほしかった、それだけなのよ。ほんの何週間か。あの人の気持ちが確かだってわかるまで。それでもう、見境ない怒りに駆られて、あの手紙を書いた……どうしていまあなたにこんなこと話してるのか、自分でもわからない」

「それはたぶん」アンズリー夫人がゆっくり言った。「あなたがいままでずっと私を憎んできたからでしょうね」

「かもしれない。それとも、いい加減、肩の荷を降ろしたかったのかも」。スレード夫人は言葉を切った。「あなたが手紙を燃やしてしまってよかった。もちろんあたし、あなたが死ぬとは思わなかった」

アンズリー夫人は沈黙の中に沈んでいき、スレード夫人は彼女の方に身を乗り出しながらも、不思議な孤立感を、人間同士のつながりの温かい流れから切り離されたような感覚を覚えていた。「あたしのこと、化け物だと思ってるでしょうね！」

「わからないわ……あれは私がもらったただ一通の手紙だった。で、それをあの人が書いたんじゃないってあなたは言うのね？」

「じゃああなた、いまもあの人のことを想ってるのね！」

「私はあのときの思い出のことを想ってたのよ」アンズリー夫人は言った。

スレード夫人はなおも彼女の姿を見下ろしていた。彼女はこの打撃によって、体まで縮んでしまったように見えた。立ち上がったら、埃のように風に飛ばされてしまいそうだ。その姿を見て、スレード夫人の嫉妬心がもう一度燃え上がった。長年のあいだこの女は、あの手紙を糧にして生きてきたのだ。どれほどあの人のことを愛していたのか、ただの灰の記憶をそんなに愛おしむなんて！　友人の婚約相手からもらった手紙の記憶を。怪物なのはこの女じゃないか！

「あなたはあの人をあたしから奪おうと頑張ったのよね？　でも無駄だった。あの人はずっとあたしのものだった。それだけのことよ」

「そうね。それだけのことね」

「あたしいま、あなたに話すんじゃなかったと思ってる。あなたがまさかそんなふうに受け止めるなんて考えてもいなかった。きっと面白がるだろうと思ったのよ。あなたも言うとおり、もうずっと昔の話なんだし。だからこれだけは認めてもらわないと――つまりあたしには、あなたがあのことを深刻に受け止めたと考える理由なんかなかった。だってそうでしょう、あなた二か月後にはもう、ホレス・アンズリーと結婚していたじゃない！　ベッドから出られるようになったとたん、お母様はあなたをフィレンツェに引っぱっていって結婚させた。みんなけっこう驚いてたわ、何であんなに急ぐんだって。でもあたしは知っているつもりでいた。あなたが腹立ちまぎれにやったんだとあたしは思ったのよ――デルフィンとあたしより自分の方が先を行ったんだ、と言えるように。若い女はその程度の理由で、最高に深刻なことをやってしまうものよ。あなたがあんなに早く結婚したから、デルフィンのこと、全然本気じゃなかったんだってあたしは思ったのよ」

「ええ、まあそう思うでしょうね」アンズリー夫人は応えた。

頭上の雲ひとつない天空に、黄金の色はいっさいなくなっていた。夕闇が広がり、ローマの七丘を急速に暗くしていた。あちこちで、二人の足下の木の葉ごしに、明かりがちかちか灯るのが見えてきた。人けのなかったテラスから足音が行き交うのが聞こえるようになった。ウェイターたちが階段の上の戸口から顔を出して、トレーとナプキンとワインのフラスコ瓶を持ってふたたび現われた。テーブルが動かされ、椅子の位置が整えられる。電球をつないだ弱々しい光が、ぷつんと消えた。色褪せた花を挿した花瓶がいくつか運び去られ、また新しい花を入れて持ってこられた。ダスターコートを着た恰幅のいい婦人が現われて、ぼろぼろの旅行案内書を見せ、たどたどしいイタリア語で、これを留めていたゴムバンドを誰か見なかったかと訊いている。さっきランチを食べたテーブルの下を彼女は杖でつつき、ウェイターたちも手伝った。

スレード夫人とアンズリー夫人が座っている隅は、いまだ影に包まれ人けがなかった。長いあいだどちらも喋らなかった。ようやく、スレード夫人がふたたび口を開いた。「あたしたぶん、冗談みたいなつもりだったんだと――」

「冗談？」

「女の子って、時にすごく残忍になるでしょう。特に恋をしている女の子は。あたし覚えてるわ、あの晩ずっとあたし一人で笑ってたのよ、あなたがあそこの闇の中で待っていて、びくびく人目を避けて、何か聞こえないかと必死に耳を澄まして、何とか中に入ろうとして――。もちろん、あとであなたが寝込んだって聞いてあたしすごく慌てたわ」

アンズリー夫人はずいぶん前からまったく動いていなかった。けれどいま、彼女はゆっくり相手の方に向き直った。「でも私、待たなかったのよ。あの人が何もかも手配してくれていたの。あの人はもうそこにいた。私たち、すぐに入れてもらったのよ」

乗り出した姿勢からスレード夫人は跳ね上がった。「デルフィンがそこにいた？　あなたたち、入れてもらった？――何よ、嘘なんかついて！」語気が一気に荒々しくなった。

アンズリー夫人の声がさっきより澄んで、その声は驚きに満ちていた。「もちろんそこにいたわよ。当然あの人は来たわよ――」

「来た？　あの人にどうして、そこへ行けばあなたがいるってわかったのよ？　無茶苦茶言わないでよ！」

アンズリー夫人は、何か考えているかのようにしばし迷った。「だって私、返事を書いたんだもの。行きますって書いたのよ。だから来てくれたの」

スレード夫人はさっと両手で顔を覆った。「ああ何て――あなた、返事を書いたの？　まさか思わなかったわ、あなたが返事を書くなんて……」

「思わなかったとは不思議ね、自分で書いておいて」

「ええ。あたし、怒りで見境がなくなっていたのよ」

アンズリー夫人は立ち上がり、毛皮の襟巻を巻きつけた。「ここは寒いわ。もう行った方がいいわね……あなたのこと、気の毒に思うわ」と彼女は言って襟巻を首にきつく巻いた。

思いがけない言葉に、スレード夫人の胸を痛みが貫いた。「ええ。もう行った方がいいわ」。ハンドバッグと外套を夫人は手に取った。「わからないわ、どうしてあなたがあたしのこと気の毒に思うのか」と彼女は呟いた。

アンズリー夫人は相手から目をそらし、コロッセオの薄暗い密やかで大きなかたまりの方を見た。「だって――それはあの晩、私が待たなくてよかったからよ」

スレード夫人は落着かなげに笑った。「ええ、そこではあたしの負けだった。でもまあそのくらいで恨んじゃ駄目よね。これだけ長い年月《としつき》が過ぎたいまは。何と言っても、あたしにはすべてがあった。あたしには二十五年間あの人がいた。そしてあなたには、あの人が書かなかった一通の手紙以外何もなかった」

アンズリー夫人はふたたび黙った。そのうちやっと、テラスの扉の方を向いた。一歩歩んで、ふり返って、スレード夫人と向きあった。

「私にはバーバラがいたわ」と彼女は言って、スレード夫人より先に階段の方へ進んでいった。

心が高地にある男
The Man with the Heart in the Highlands
（1936）

ウィリアム・サローヤン
William Saroyan

一九一四年、僕がまだ六歳にもなっていないとき、年とった男の人が一人、軍隊ラッパをソロで吹きながらサンベニート・アベニューをやって来て、僕たちの家の前で止まった。僕は庭から駆け出て歩道の縁に立ち、男の人がまた吹き出すのを待ったが、いっこうにやりそうもなかった。ぜひもう一曲聞きたいんですけど、と僕が頼むと男の人は言った。坊や、水を一杯持ってきてくれるかね、心がここになく、高地にある老いた男に？

コウチって？　と僕は言った。

スコットランド高地だよ、と年とった男の人は言った。持ってきてくれるかい？

おじさんの心、スコットランドの高地で何してるの？

私の心はそこで悲しみに暮れているのさ。冷たい水、持ってきてくれるかい？

おじさんのお母さんはどこにいるの？

私の母親はオクラホマのタルサにいる。でも母の心はタルサにはない。

お母さんの心、どこにあるの？

スコットランド高地にあるんだよ。坊や、私はものすごく喉が渇いてるんだ。

どうしておじさんの家族はみんな、高地に心を置いてきちゃうの？

そういうふうに生まれついてるんだよ。今日いたかと思えば、明日はもういない。

今日いたかと思えば、明日はもういない？　どういうこと？

いま生きてると思っても、次の瞬間にはもう死んでるってことさ。

おじさんのお母さんのお母さんはどこにいるの？

ヴァーモントのね、ホワイトリバーっていう小さな町にいるよ、でも心はそこにない。

くたびれた、しなびた心がやっぱり高地にあるわけ？

ばっちり高地にあるとも。なあ、私は喉が渇いて死にそうなんだよ。

僕の父さんが玄関に出てきて、邪悪な夢から覚めたばかりのライオンみたいに吠えた。

ジョニー、いい加減にしなさい、と父さんは吠えた。その人がぶっ倒れて死んじまう前にピッチャーに水を入れてきてあげなさい。礼儀ってものがあるだろうが。

少しくらい話聞いたっていいじゃないか、せっかく旅の人が来たんだから、と僕は言った。

この方に水持ってきてあげなさい、と僕の父さんは言った。いつまでもぼさっとつっ立ってるんじゃない。ぶっ倒れて死んじまう前に水持ってきてあげなさい。

父さん持ってくればいいじゃないか、と僕は言った。どうせ何もしてないんだから。

どうせ何もしてない？　おいおいジョニー、お前だって知ってるだろう、父さんがいま頭の中で詩を構想してるってこと。

どうして僕にわかると思うのさ。父さんただ、腕まくりして玄関に立ってるだけじゃないか。僕にわかるわけないよ。

いやそれは、わかるべきなんだよ、と父さんは言った。

ご機嫌よう、と年とった男の人は僕の父さんに言った。息子さんから伺ってたんですよ、このあたりは気候もよくて涼しいんだって。

（何言ってんだこの人、と僕は思った。僕、気候のことなんか一言も言ってないぞ。どこからそんなもの引っぱり出してきたんだ？）

ご機嫌よう、と僕の父さんは言った。よかったら上がって少し休んでいかれませんか？　昼食をご一緒いただけたら光栄ですよ。

ええ、もうお腹が空いて死にそうなんです、と年とった男の人は言った。すぐ上がらせていただきますよ。

ねえ、「瞳で乾杯しておくれ」吹ける？　と僕は男の人に言った。あの歌、ぜひラッパで聞きたいなあ。一番好きな歌なんだよ。世界中のほかのどの歌よりも好きだなあ。

あのな坊や、と男の人は言った。君も私の歳になったらわかるさ、歌なんて大事じゃないんだって。肝腎なのはパンさ。

とにかくさ、あの歌ぜひ吹いてほしいんだけど。

男の人は玄関先まで上がっていて僕の父さんと握手した。

ジャスパー・マグレガーと申します、と男の人は言った。役者をしております。

お近づきになれて嬉しいですよ、と僕の父さんは言った。ジョニー、ミスタ・マグレガーにお水を持ってきてさし上げなさい。

僕は井戸に回っていって冷たい水をピッチャーに汲み、男の人のところに持っていった。男の人はぐいぐい一気に飲み干した。それから周りの景色を見回し、空を見上げ、夕陽が沈みかけたサンベニート・アベニューの先を見やった。

ここは故郷から五千マイル離れているなあ、と男の人は言った。みんなで少しばかりパンとチーズとか食べられますかねえ、そうすりゃ私も、もう少し命をつなぎ止めておけるんですが。

ジョニー、と僕の父さんは言った。店に行ってフランスパン一本とチーズ一ポンド買ってきなさい。

お金ちょうだいよ、と僕は言った。

つけにしてくれってミスタ・コーサックに言いなさい。私は一セントも持ってないよ、ジョニー。

つけてもらえないよ、と僕は言った。もうつけはうんざりだってミスタ・コーサックは言ってる。僕たちのこと、怒ってるんだ。働きもしないで、借りも返さないって。うちはあの人に四十セント借りてるんだよ。

行って理を説いてやりなさい、と父さんは言った。それがお前の役目なんだから。

あの人、理なんか聞かないよ。私には難しいことは何もわからん、四十セントが欲しいだけだ、そう言うんだよ。

いいから行ってパン一本とチーズ一ポンドもらってきなさい。お前ならできるよ、ジョニー。

行ってきなさい、と年とった男の人も言った。行ってミスタ・コーサックに言うんだよ、パン一本とチーズ一ポンドをくださいって。

さあジョニー、と僕の父さんは言った。お前いままで、一度も手ぶらであの店から帰ってきたことないじゃないか。今日だって十分もしたら、王さまにふさわしい食べ物抱えて戻ってくるさ。

どうかなあ、と僕は言った。お前ら私を馬鹿にしてるぞってミスタ・コーサックに言われるお前さんの父さんいったいどんな仕事してるんだって。

なら言ってやればいい、父さんは隠すことなんか何もないぞ。父さんは詩を書いているんだ。

わかったよ、でもあんまり感心してくれないと思うなあ。お前の父さんはほかの失業者みたいに仕事を探しに行かない、怠け者のろくでなしだ。そう言うんだよ。

あんたは頭がおかしいんだって言ってやれ、ジョニー、と父さんは言った。あの男に言ってやれ、僕の父さんは今日《こんにち》最高の知られざる詩人の一人なんだって。

それがどうしたって顔すると思うけど、と僕は言った。でもとにかく行くよ。精一杯やってみるよ。うちには何もないの？

ポップコーンだけだ、と父さんは言った。もう四日間ずっとポップコーンしか食べてないんだぞ、ジョニー。いま書いてる長い詩、父さんに書き上げさせようと思ったら、パンとチーズ手に入れてきてくれないと。

精一杯やってみるよ、と僕は言った。

あまり時間かからんようにな、とミスタ・マグレガーは言った。わしは故郷から五千マイル離れてるんだから。

行きも帰りも走るよ、と僕は言った。

途中で金を拾ったら、忘れるなよ、父さんと山分けだからな、と父さんが言った。

わかった、と僕は言った。

ミスタ・コーサックの店まで僕はずっと走っていったが、途中でお金は拾わなかった。一セントも。

僕が店に入っていくと、ミスタ・コーサックが目を開けた。

ミスタ・コーサック、と僕は言った。もしあなたが中国にいて、一人の友だちもいなくてお金もなかったら、そこにいるキリスト教徒が一ポンドの米を分けてくれればって思いますよね？

何が欲しいんだ？　ミスタ・コーサックは言った。

少し話がしたいだけですよ、と僕は言った。誰か白人が救いの手をさしのべてくれたらって思いますよね、そうでしょうミスタ・コーサック？

君、金はいくら持ってるんだ？　ミスタ・コーサックは言った。

お金の問題じゃありませんよミスタ・コーサック、と僕は言った。中国にいて、白人の助けを必要としてるって話なんです。

私には難しいことは何もわからんね、とミスタ・コーサックは言った。

中国でそうなったらどんな気持ちがすると思います？

さあね。私が中国なんか行って何するのかね？

そうですねえ、あなたは中国を訪問していて、お腹を空かせていて、一人の友もいない。善良なキリスト教徒があなたのこと、米一ポンドもくれずに追い返すなんて思わないでしょう？

まあそうだろうな、だけど君は中国になんかいないんだよジョニー、そして君のパパも同じだ。君も君のパパも、いつかは世間に出て働かなくちゃいけない。だったらいまさっさと始めたらどうだ。もうこれ以上君たちにつけで食べ物を渡しはしない。どうせ払わないに決まってるんだから。

ミスタ・コーサック、それは誤解というものです。僕はちょっとばかりの食べ物の話なんかしてるんじゃないんです。あなたが中国にいて周りじゅう異邦人に囲まれて、お腹を空かせて死にかけてるっていう話なんです。

ここは中国じゃないぞ。この国じゃ自分で生計を立てなきゃいかんのだ。アメリカではみんな働くんだよ。

ミスタ・コーサック、たとえばあなたが生き延びるためにフランスパン一本とチーズ一ポンドが必要だとしますよね、それでそこにキリスト教の宣教師がいたら、パンとチーズをくださいって頼むのをためらいますか？

ああ、ためらうとも。頼むなんて恥だと思うだろうよ。

いずれ自分がパン二斤、チーズ二ポンドにして返すとわかっていても？　それでも頼まない？

それでも頼まないね、とミスタ・コーサックは言った。

そんなこと言っちゃ駄目ですよミスタ・コーサック、と僕は言った。そういうのは負け犬の物言いですよ、そうでしょう。そうなったらもう、死ぬしかなくなっちゃうじゃありませんか。

あなたははるか中国で死ぬんですよ、ミスタ・コーサック。

死のうが死ぬまいが知ったこっちゃないね。パンとチーズが欲しけりゃ君と君のパパとで金を払わなきゃならんのだ。なんで君のパパは仕事を探しに行かないんだ？

ところでミスタ・コーサック、お元気ですか？

元気だよ、ジョニー。君はどうかね？

最高に元気ですよ、ミスタ・コーサック。お子さんたちはお元気ですか？

元気だよ。ステパンは歩きはじめた。

そりゃすごい。アンジェラは？

アンジェラは歌いはじめた。君のお祖母さんは元気かね？

元気ですよ。お祖母ちゃんも歌いはじめたんです。女王になるよりオペラの歌姫の方がいいって言ってます。奥さんのマータさんはいかがです？

うん、元気一杯だとも、とミスタ・コーサックは言った。

それはよかった、ほんとに嬉しいですよ、ご家族みんなお元気だと伺って。ステパンはいずれきっと立派な人になりますよ。

だといいがな。高校まで行かせようと思ってるんだ、私が得られなかったチャンスをちゃんと得られるように。食料品店の親父にはなってほしくないからね。

ステパンならきっと大丈夫ですよ。

何が欲しいんだ、ジョニー？ 金はいくら持ってるのかね？

ミスタ・コーサック、おわかりでしょう、僕はべつに何かを買いに来たわけじゃないんです。時おりあなたとこうして、静かに哲学的なお喋りを交わすのが楽しいんです。フランスパン一本とチーズ一ポンドください。

現金で払わなくちゃ駄目だよ、ジョニー。

それとエスター。美しいお嬢さんエスターは元気ですか？

エスターなら大丈夫だよ、ジョニー。現金で払わなくちゃ駄目だよ。君と君のパパはこの郡で最低の住民だな。

エスターが大丈夫と聞いて嬉しいですよ、ミスタ・コーサック。ジャスパー・マグレガーがうちにお客に来てるんです、偉い役者なんですよ。

聞いたことないね、とミスタ・コーサックは言った。

あとミスタ・マグレガーにビール一本も、と僕は言った。

君にビール一本やるなんて、できるわけないだろ。

いやいやできますとも。

できないよ。古いパン一本とチーズ一ポンドはやろう、でもそれで全部だ。君のパパ、働くときはどんな仕事するのかね、ジョニー？

僕の父さんは詩を書くんです、ミスタ・コーサック。父さんの仕事はもっぱらそれです。現代における最高の詩人の一人ですよ。

いつになったら金が入るのかね？

金は入らないんです。そこまで都合よくできてないんです。

そういう仕事はよくないと思うね。なんで君のパパはほかの連中みたいに働かないんだ？

誰よりも一生懸命働いてますよ。並の男の二倍働いてます。

いいか、これで五十五セントの貸しだぞ、ジョニー。今回はまあ渡してやるが、もうこれっきりだからな。

エスターに伝えてください、僕が愛してるって、と僕は言った。

わかった、とミスタ・コーサックは言った。

さよなら、ミスタ・コーサック。

さよなら、ジョニー。

僕はフランスパン一本とチーズ一ポンドを抱えて家に駆け戻った。僕の父さんとミスタ・マグレガーは表に出て、僕が食べ物を持って帰ってくるのをいまかいまかと待っていた。二人とも半ブロック僕の方に駆けてきて、食べ物があるのを見るや、お祖母さんが待っている家の方に手を振って合図した。お祖母さんはテーブルをセットしに家の中へ駆けていった。

わかってたよ、お前ならできるって、と僕の父さんが言った。

私もだよ、とミスタ・マグレガーが言った。

五十五セント払わなくちゃ駄目だって、と僕は言った。もうこれ以上つけはきかないって。

それはまあ向こうの言い分さ、と父さんは言った。何の話をしたんだ、ジョニー？

はじめは中国でお腹を空かせて死にかけてる話をして、それから家の人たちは元気ですかって訊いたよ。

みんな元気か？　と父さんは言った。

うん、と僕は言った。

というわけで僕たちは家に入ってパン一本とチーズ一ポンドを食べ、一人二、三リットル水を飲み、パン屑の最後のひとかけも消えてしまうと、ほかに何か食べ物はないかとミスタ・マグレガーは台所の中を見回しはじめた。

あそこの緑の缶、とミスタ・マグレガーは言った。あの中には何があるのかね、ジョニー？

おはじきだよ、と僕は言った。

そこの食器棚。中に何か食べられるものはあるかね、ジョニー？

コオロギだね。

そこの隅の大きな甕、ジョニー、何かいいものが入ってるのかね？

インディゴヘビ飼ってるんだよ、と僕は言った。

そうかね、とミスタ・マグレガーは言った。私としては、茹でたインディゴヘビなんかも大歓迎だがね。

あのヘビは駄目だよ、と僕は言った。

なんでだね、ジョニー？　なんで駄目なんだ？　ボルネオの立派な現地人は、ヘビやバッタを食べるっていうぞ。君、太ったバッタとかいっぱい飼ってたりしないかね、ジョニー？

四匹だけ、と僕は言った。

じゃあそれ出しなさい、とミスタ・マグレガーは言った。そいつをしっかり腹に入れたら、「瞳で乾杯しておくれ」を吹いてあげようじゃないか。私はすごく腹が減ってるんだよ、ジョニー。

僕もだよ、と僕は言った。でもあのヘビは殺しちゃ駄目だよ。

僕の父さんは食卓に座って、両手で頭を抱えて夢を見ていた。お祖母ちゃんは家の中を、プッチーニのアリアを歌いながら歩きまわっていた。私が街を歩けば、とお祖母ちゃんは朗々イタリア語で歌った。

音楽、少しどうでしょう？　と父さんは言った。この子が喜ぶと思うんですよ。

そうなんですよ、ほんとに、と僕も言った。

よしわかったジョニー、とミスタ・マグレガーは言った。

そうしてミスタ・マグレガーは席を立ち、ラッパを吹きはじめた。誰よりも大きな音で彼は吹き、周りじゅう何マイルも人がそれを聞いて、胸を躍らせた。わが家の前に十八人の人が集まって、ミスタ・マグレガーがソロを終えると拍手喝采を贈った。父さんがミスタ・マグレガーを玄関に連れ出して、言った。ご近所の皆さん、ジャスパー・マグレガーをご紹介します。今日《こんにち》誰よりも偉大なシェークスピア俳優です。

ご近所の皆さんは何も言わず、ミスタ・マグレガーが口を開いた。いまでも昨日のように覚えていますとも、一八六七年にロンドンで初めて舞台に立ったときのことを。こうしてミスタ・マグレガーは己の生涯を物語った。と、大工のルーフ・アプリーが言った。また少し音楽やってもらえませんかね、ミスタ・マグレガー？　するとミスタ・マグレガーは、あんたの家に卵はあるかね？　と言った。

ありますとも、とルーフは言った。卵、家に一ダースありますよ。

その一ダースのうち一個、よかったら取りに行ってもらえるかね？　あんたが戻ってきたら、あんたの心を喜びと悲しみで舞い上がらせる歌を吹いてしんぜよう。

俺もう駆け出してますよ、とルーフは言い、卵を取りに家へ走っていった。

ミスタ・マグレガーはトム・ベーカーに、あんたの家にソーセージ一切れとかあるかねと訊き、ありますとトムが答えるとミスタ・マグレガーは、よかったら取りに行ってもらえるかね、あんたが戻ってきたらあんたの人生まるごと変えちまう歌を吹いてしんぜようと言った。そうしてトムがソーセージを取りに家へ帰ると、ミスタ・マグレガーはご近所の皆さん十八人の一人ひとりに、何かちょっとした食べ物は家にないかねと訊き、ありますよと相手は答え、ミスタ・マグレガーに素晴らしい歌を吹いてもらおうとそれぞれちょっとした食べ物を取りに帰り、何かちょっとした食べ物を手にご近所の皆さんが全員わが家に戻ってくると、ミスタ・マグレガーはラッパを持ち上げて口に持っていき、「わが心は高地に　わが心はここにあらず」を演奏した。ご近所の皆さんの誰もが涙を流しながら家に帰っていき、ミスタ・マグレガーは食べ物をみな台所に持っていって、僕たち一家は御馳走を食べ、飲み、楽しく過ごした。卵、ソーセージ、春タマネギ一ダース、チーズ二種類、バター、パン二種類、茹でジャガイモ、穫れ立てのトマト、メロン、紅茶、そのほかにもまだたくさん。僕たちは食べ、お腹がくちくなり、ミスタ・マグレガーは言った。もしよろしければ、私、お宅にしばらく住ませていただけませんかね。すると僕の父さんは、私の家はあなたの家ですともと言い、ミスタ・マグレガーはうちにまる十七日泊まっていき、十八日目の午後に、老人ホームの職員がやって来て、ジャスパー・マグレガーという役者を探してるんですと言い、何の用だね？　と僕の父さんは言った。私、老人ホームの者でして、とその若い男の人は言った。ミスタ・マグレガーに戻ってきていただきたいんです、年に一度の芝居を二週間後にやるんで、役者が必要なんです。

床に寝そべって夢を見ていたミスタ・マグレガーは床から起き上がって若い男と一緒に出ていき、翌日の午後、ひどく腹を空かせた僕の父さんが、ジョニー、ミスタ・コーサックの店に行って何か食べるものをもらって来なさいと言った。お前ならできるさ、ジョニー。何でもいいからもらって来い。

五十五セント払えってミスタ・コーサックは言ってるんだよ、と僕は言った。お金なしじゃ何もくれないよ。

いいから行きなさい、ジョニー。お前ならあの立派なスロヴァキア人の紳士から、きっと何かもらって来れるさ。

そこで僕はミスタ・コーサックの店に行き、中国問題をこのあいだ終えた時点から再開して、ずいぶんと手こずった末に、鳥の餌を一箱と、メープルシロップの半分入った缶を手にして店を出た。だいぶ苦労したけれど、とにかく僕はやり遂げた。僕の父さんは、ジョニー、この手の食べ物は祖母ちゃんにはけっこう危険だぞと言った。果たせるかな、翌朝、お祖母ちゃんがカナリアみたいに歌うのを僕たちは聞き、そして僕の父さんは言った――鳥の餌なんかで、どうやって偉大な詩を書けっていうんだ？

夢の中で責任が始まる
In Dreams Begin Responsibilities
（1937）

デルモア・シュウォーツ

Delmore Schwartz

I

一九〇九年だと思う。僕は映画館にいるような気がして、光の長い腕が闇を横切ってくるくる回り、僕の目はスクリーンに釘付けになっている。これは古いバイオグラフ映画かと思える無声映画で、俳優たちはとんでもなく古臭い服を着ていて、一瞬の光が突然パッと飛んでまた別の光が現われる。俳優たちもひょこひょこ飛び回って歩き方も速すぎるように見える。撮影したとき雨が降っていたみたいに場面全体が点や線だらけだ。光も不十分。

一九〇九年六月十二日、日曜日の午後で、僕の父は僕の母に会いに行こうとブルックリンの静かな街並を歩いている。服にはアイロンをかけたばかりで、高いカラーに収まったネクタイはきつすぎる。父はポケットの中のコインをじゃらじゃら鳴らしながら、これから言うつもりの気の利いた科白を考えている。僕はもうすっかり、映画館の柔らかい闇の中でリラックスしている気分だ。オルガン奏者は大音量を轟かせ、あからさまで大雑把な感情を表現し、観衆はそれに合わせて知らずしらず体を揺すっている。僕は誰でもない無名の身であり、自分を忘れている。映画に行くといつでもこうなる――世に言うとおり、それは麻薬だ。

木々や芝生や家々が並ぶ通りから通りへ僕の父は歩いていき、時おり大通りに出ると路面電車がスーッと滑っては停まり、ゆっくり進んでいく。カイゼルひげを生やした車掌が手を貸して、羽根飾りの付いた、ボウルみたいな形の帽子をかぶった若いご婦人を電車に乗せている。婦人は踏み段をのぼるとき長いスカートをわずかに持ち上げる。車掌はのんびり釣銭を出し、紐を引っぱって発車のベルを鳴らす。今日は明らかに日曜だ。誰もがよそ行きを着ているし、路面電車の騒音が休日の静けさを逆に際立たせている。ブルックリンといえば教会の街ではないか？　店はどこも閉まっていてカーテンも閉じられ、時おり文具店や、ウインドウに大きな緑の玉を飾ったドラッグストアが開いているのみ。

この長い道を父が歩くことにしたのは、歩きながら考えるのが好きだからだ。未来の自分のことを父は考え、そのせいで、目的地に着くころには軽い高揚状態になっている。通りかかる、日曜のご馳走を食べている最中の家々には目もくれないし、通り一本一本を見張るかのごとくに立つ、葉がすっかり茂ったあかつきには通り全体を涼しい影で包むだろう木々にも注意を払わない。時おり馬車が通りかかり、馬のひづめが静かな午後の中で石のように降《ふ》り、たまに自動車が、巨大なふかふかのソファみたいな姿で、プップッと音を立てながら通り過ぎていく。

父は母のことを考え、彼女を自分の家族に紹介するのは素敵だろうと考える。けれど彼女と結婚したいかというとまだよくわからないし、すでに出来上がってしまった絆を思うと時おりパニックに襲われもする。自分が尊敬している、結婚している偉い人たちのことを考えて父は自分を安心させる。ウィリアム・ランドルフ・ハースト、ウィリアム・ハワード・タフト。タフトは合衆国大統領になったばかりだ。

父は母の家に着く。早く来すぎたので、突然ドギマギしてしまう。僕の叔母が、つまり母の妹が、ナプキンを手に持ったまま騒々しいベルに応えて玄関に出てくる。一家はまだ食事中なのだ。父が入っていくと、僕の祖父はテーブルから立ち上がって父と握手する。僕の母は身づくろいをしようと二階に飛んでいく。祖母は父に、もう食事は済みましたかと訊ね、ローズはじき下りてきますからと伝える。祖父は会話を切り出そうと六月の温暖な気候に触れる。父はテーブルのそばに、帽子を手に居心地悪そうに座っている。帽子をお預りしなさい、と祖母が叔母に命じる。十二歳になる僕の叔父がくしゃくしゃの髪で家の中に飛び込んでくる。そして父に挨拶の言葉を叫び（父からよく五セントもらっているのだ）、二階に駆け上がる。僕の父はこの家で一応敬意を持たれているが、相当面白がられてもいるらしい。父は堂々としているが、すごくぎこちなくもあるのだ。

Ⅱ

やっと母が、すっかりめかし込んで下りてきて、祖父と会話に携わっている父はうろたえる——母に挨拶すべきか、会話を続けるべきか。結局椅子からぎくしゃくと立ち上がってぶっきらぼうに「こんちは」と言う。祖父ははたで眺めながら、二人の相性——と言えるほどのものも見当たらないのだが——を疑わしげな目で吟味し、ひげを生やした頬を乱暴にさする。祖父は考えるときいつもそうするのだ。祖父は心配している。この男は自分の長女にとっていい夫にならないんじゃないか。と、ちょうど父が母に何か笑えることを言おうとしたところでフィルムに何かが起きる。やっと興味が湧いてきたところだったのに僕は目覚めて我に返り、自分の不幸に返る。観客は苛々して手を叩きはじめる。やがてトラブルは解消されるがフィルムはついさっき見た場所まで戻っていて、僕はもう一度、祖父がひげの生えた頬をさすり父の人格に思いを巡らすのを見る。もう一度映画に入っていって自分を忘れるのは容易でないが、父の言葉に母がクスクス笑うとともに闇が僕を呑み込む。

父と母は家を出て、父はもう一度、何か自分でもわからない不安ゆえに母と握手する。僕も不安な気分で、映画館の硬い椅子に背を丸めて座りそわそわ動く。上の伯父は、僕の母の兄はどこにいるのか？　二階の寝室で勉強しているのだ――ニューヨーク市立大学の最終試験に備えて勉強しているこの伯父が急性肺炎で亡くなってから二十一年になる。母と父はふたたび静かな街並を歩いていく。母は父の腕につかまって、いま読んでいる小説の話をしている。そのストーリーが明らかになっていくとともに、登場人物一人ひとりについて父は評価を下す。これは父の大好きな習慣だ。他人のふるまいを是認し糾弾するとき、至高の優越感と自信を父は抱くのだ。時おり、話が父言うところの「甘ったるい」展開に流れるたび、短く「グェ」と呟く。これで己の男らしさを誇示しているのである。自分の話が関心をかき立てたことに母も満足する。自分がどれだけ知的でどれだけ興味深いか、父に見せられたのだ。

二人が大通りに出ると、路面電車がゆっくりやって来る。今日の午後はコニー・アイランドに行くのである。でもそんなのは低級な遊びだと母は見なしていて、遊歩道の散歩と心地よいディナーだけにしよう、もろもろの騒々しい娯楽は威厳あるカップルには相応しくないから避けようと決めている。

　過去一週間に自分がいくら稼いだかを父は母に伝え、誇張する必要もない額を誇張して言う。父はいつも、現実は何となく物足りないと思ってしまうのだ。僕は突然しくしく泣き出す。隣に座った、毅然とした様子のおばさんが機嫌を悪くし、怒った顔で僕を睨みつける。僕は怖気づいて泣きやむ。ハンカチを引っぱり出して顔を拭き、唇のそばに落ちてきた涙の滴《しずく》を舐める。そのすきに、僕は何かを見逃してしまう。見れば母と父はもう終点コニー・アイランドに着いて電車を降りるところだ。

Ⅲ

　二人は遊歩道に向かって歩いていき、父は母に、海から漂ってくるピリッとした空気を吸うよう命じる。二人とも深々と吸い込み、そうしながらゲラゲラ笑う。父は丈夫で逞しく母はひ弱だが、健康に強い関心を持っている点は共通している。二人の頭の中には、何を食べるといいか、いけないかをめぐるいろんな説が詰まっていて、時おり二人でこの問題について激論を闘わすが、最後はいつも父が、偉そうに虚勢を張って、人間どのみちいずれは死ぬんだと言い捨てる。遊歩道の旗竿でアメリカの国旗が、海から切れぎれに吹いてくる風に脈打つ。

　父と母は遊歩道の手すりに行って、海水浴客が大勢ぶらぶら歩くビーチを見下ろす。波の中に入っている人も何人かいる。ピーナツ売りの笛がその快い、活気ある甲高い音で空気を切り裂き、僕の父がピーナツを買いに行く。母は手すりの前に残って海を見ている。母の目に海は陽気に見える。キラキラ尖った光を発し、小さな波が何度も解き放たれる。濡れた砂を掘っている子供たちや、自分と同じ年頃の娘たちの水着に母は目をとめる。父がピーナツを手に戻ってくる。頭上では太陽の稲妻がギラギラギラギラ光るが、二人とも全然気がつかない。遊歩道はよそ行きを着てのんびりそぞろ歩く人たちで一杯だ。寄せる波は遊歩道には届かないし、届いたとしてもそぞろ歩く人たちは何の危険も感じないだろう。母と父は遊歩道の手すりに寄りかかり、ぼんやり海を見ている。海は次第に荒れてきて、波がじわじわ迫り、ずっと後方から力を引き寄せている。波が宙返りする直前の瞬間、この上なく美しく背中を反らして黒の中に交じった緑と白の筋をさらす瞬間、その瞬間こそ耐えがたい。波はついに砕け、荒々しく砂の上を突進し、砂をぐいぐい押し、跳ね上がって前に進み、そうしてついに萎《しぼ》んでいって、小さな流れとなりそれがビーチをのぼって行きやがて引き戻される。僕の両親は放心したように海を眺め、海の荒々しさにほとんど興味を抱いていない。頭上の太陽にも心を乱されない。けれども僕は、視覚を砕くその恐ろしい太陽を茫然と見て、致死的で無慈悲で情熱的な海を見て、やがて両親のことを忘れる。僕は魅入られたように眺め、とうとう、父と母の無関心に愕然として、またしくしく泣き出す。隣のおばさんが僕の肩をぽんぽん叩いて「ほらほらお兄さん、これみんなただの映画なんだから、ただの映画なんだから」と言うが僕はもう一度顔を上げてぞっとする太陽とぞっとする海を見て、涙を抑えられず、トイレに行こうと立ち上がって、同じ列に座っている人たちの足につまずきながら進んでいく。

Ⅳ

寝不足で嫌な感じに目覚めたみたいな気分で館内に戻ってくると、どうやら何時間かが過ぎていて、僕の両親はメリーゴーラウンドに乗っている。父は黒い馬に、母は白い馬にまたがり、柱の一本に掛かったニッケルの輪を取ることだけを目的にひたすら回りつづけているように見える。手回しオルガンが鳴っていて、メリーゴーラウンドのたえまない回転と合っている。

少しのあいだ、このメリーゴーラウンドは永久に止まらないから二人は永久に降りられないんじゃないかと思える。僕はビルの五十階から大通りを見下ろしているみたいな気分になる。でもやっと二人は降りる。手回しオルガンの音楽もしばし止む。僕の父は輪を十個獲得し、母は二個だけ。輪が本当に欲しかったのは母の方なのだが。

午後が徐々に暮れて、黄昏どきの途方もない菫《すみれ》色に変わっていくなか、二人は遊歩道を歩いていく。何もかもが褪《あ》せていってゆったりした光のほのめきとなり、ビーチのたえまないざわめきも、メリーゴーラウンドの回転すらもその淡い光に包まれていく。二人はディナーの店を探す。父は遊歩道で一番いい店を提案し、母は自分の主義に従って反対する。

けれど結局一番いい店に二人は入り、遊歩道と動く海とが見えるようにと窓際のテーブルを頼む。テーブルを頼みながらウェイターに二十五セント貨を握らせるとき父は全能感を覚える。

店は混んでいて、ここにも音楽がある。今回は一種、弦楽三重奏みたいな音楽だ。父は自信満々ディナーを注文する。

ディナーを食べながら、父は未来の計画を語る。母は表情たっぷりに、自分がどれだけ興味を惹かれているか、どれだけ感銘を受けているかを伝える。父はひどく得意な気分になってくる。演奏されているワルツに持ち上げられて、自分の未来に父は酔いはじめる。商売を拡張するつもりなんだ、まだもっともっと儲かるんだから、と父は母に言う。そろそろ身を落着けたい。何といってももう二十九だし、十三のときからずっと一人で生きてきて、稼ぎはどんどん増えているし、すでに結婚した友人たちの心地よさげな家を訪ねていくたびに、見るからに落着いた家庭の悦びに包まれ可愛い子供たちに囲まれた暮らしが羨ましくなるのだと父は語り、ワルツが最高潮に達して踊る人たちがみな狂ったようにスイングする瞬間、その瞬間に、恐ろしい大胆さとともに父は母に結婚を申し込む、が、そうやって興奮してはいてもその言い方は何ともぎこちなく、どうやってプロポーズなんかにたどり着いたのか自分でも戸惑っていて、母も母でよりによって泣き出してしまい事態はさらにぶざまになって、父はもうまったくどうしていいかわからず落着かなげにあたりを見回し、そうして母は「初めて会ったときからそれだけを願っていたの」と涙ながらに言い、ああこんなのやってられないと父は思い、全然自分の趣味じゃない、上等の葉巻をくゆらしながらブルックリン橋をのんびり歩いている最中に考えていたのと全然違う、と、その瞬間、僕は映画館の中で立ち上がって叫んだ、「やめろ。まだ遅くないぞ、二人とも考え直すんだ、結婚しても何もいいことなんかないぞ、後悔と、憎しみと、醜聞と、最悪の性格の子供たち二人が生まれるだけだ」。館内の人たちみんなが苛立たしげに僕の方を向き、案内係が懐中電灯を照らしながらせかせか通路をやって来て、隣のおばさんが僕の裾を引っぱって座らせ、「静かにしなさい。追い出されちゃうわよ、三十五セント払ったんでしょ」と言った。それで僕は目を閉じた。起きていることを見るのが耐えられなかったからだ。僕は大人しくそこに座っていた。

V

でもしばらくするとちらちら見はじめて、やがてまた、キャンディの賄賂を差し出されても不機嫌な顔を保とうとする子供みたいに、いつしか貪るように僕は見入っている。僕の両親は目下、遊歩道沿いにある写真館で写真を撮ってもらっている。撮影に必要なのだろう、写真館は薄暗い藤色の光に包まれている。三脚に載った、火星人みたいに見える写真機が横に置いてある。写真屋は僕の両親にポーズを指示している。父は母の肩に片腕を回していて、二人ともあからさまにニコニコ笑っている。写真屋は母が手に持つようにと花束を持ってくるが母の持ち方は角度が間違っている。やがて写真屋は写真機に掛かった黒い布の中にもぐり込み、見えるのは突き出した片腕とゴムボールを持った片手だけになる。写真をついに撮る瞬間にこのボールをぎゅっと握るのだ。だが写真屋は二人の姿に満足しない。二人のポーズがどこか間違っているという確信が彼にはある。何度も何度も、布の中の隠れた場所から写真屋は新しい指示を発する。どの提案も事態をますます悪くするばかりだ。僕の父は苛々してきている。二人は座ってポーズをとってみる。私にもプライドがあります、これみんな金のためにやってるんじゃないんです、美しい写真を撮りたいだけなんですと写真屋は言う。「急いでくれよな。夜が明けちまうぜ」と父は言う。だが写真屋は申し訳なさげにせかせか動きまわるばかりで、また新たな指示をくり出す。この写真屋に僕は魅了される。僕は心底彼のことを肯定する。彼の気持ちが僕にはよくわかるのだ、何か知られざる完全さの観念に従って新たなポーズを彼が批判するたび、僕は大きな希望を感じる。ところが僕の父は怒った声で「おい、もう十分やったろう、これ以上待たないぞ」と言う。すると写真屋は、無念そうにため息をつきながら黒い覆いの下に戻っていき、片手を突き出して「一、二、三、はい撮ります！」と言い、こうして写真は撮られ、父の笑顔はしかめ面に歪み、母の笑みは明るくわざとらしい。写真が現像されるのに何分かかかり、奇妙な照明の下で座っているうちに僕の両親はひどく気が滅入ってくる。

VI

二人は占い小屋の前を通りかかり、母は入りたがるが父は入りたがらない。二人は言い争いを始める。母は依怙地になり、父はまた苛々してきて、やがて本格的な喧嘩になって、父はもうさっさと歩き去って母を置き去りにしていきたい気分だが、さすがにそれはまずいと承知している。母は頑として動こうとしない。いまにも泣き出しそうだが、手相を読む占い師が何と言うか、どうしても聞きたいという欲求に母は駆られているのだ。父は腹立たしげに同意し、二人は小屋の中に入っていく。ここにも黒い布が掛かっていて照明は薄暗いので写真館とちょっと似ている。中は蒸し暑く、こんなの馬鹿げてる、と父はテーブルの水晶玉を指さしながら何度も言う。占い師が奥から出てくる。背の低い太った女で、東洋服のつもりの衣裳を着ている。占い師は訛りのある喋り方で二人に挨拶する。父は突然、何もかもに耐えがたくなって母の腕を引っぱるが、母は動こうとしない。それから、恐ろしい怒りに包まれて父は母の腕を放し、大股で歩いて出ていき、茫然としている母を置き去りにする。母は父を追っていこうと動きかけるが、占い師が母の腕をぎゅっと摑んで行かないでくれとせがみ、席に座った僕はもう言葉にできないくらいショックを受けている。自分がサーカスの頭上三十メートルの高さで綱渡りしていて突然綱が切れかけているのを見たような気持ちに僕はなっていて、席から立ち上がってふたたび叫び出し、激しい恐怖を伝えようと思いつく言葉を片端からわめき、ふたたび案内係が懐中電灯を照らしながら通路をせかせかやって来て、おばさんは必死に僕をなだめ、愕然とした観客たちが僕の方をふり向き、僕はなおも叫ぶ、「二人とも何やってるんだ？　自分たちが何やってるかわからないのか？　何で母さんは父さんを追いかけないんだ？　追いかけずに何をするっていうんだ？　父さんは自分が何やってるかわかってるのか？」――けれど案内係が僕の片腕を摑んで館内から連れ去りながら言う、「君こそ何やってるんだ？　やりたいことを何でもやれるわけじゃないってことがわからないのか？　何だって君みたいな、人生これからだっていう若者がこんなふうにヒステリー起こすんだ？　自分が何やってるか考えたら、、、どうだ？　周りに人がいなくたってそんなふうにふるまっちゃいけないんだぞ！　すべきことをしないとあとで後悔するぞ、こんなふうにやってちゃいけないんだ、間違ってるんだ、じきにわかることだ、君のやること一つひとつがあまりに大事なんだ」、そう案内係は言いながら映画館のロビーを抜けて冷たい光の中へ僕を引きずり出し、僕は目を覚まして二十一歳の誕生日の侘しい冬の朝に入っていき、窓の下の桟は唇のようにうっすら積もった雪に輝き、朝はもう始まっている。

三時
Three O'Clock
（1938）

コーネル・ウールリッチ
Cornell Woolrich

彼女が自分で自分の死刑執行令状にサインしたのだ。俺のせいじゃない、あいつの自業自得なんだ、と彼は何度も自分に言い聞かせた。相手の男を見たことはない。でも男がいることは知っている。知ってからもう六週間経つ。いろいろ細かいところからわかったのだ。ある日帰ってくると灰皿に葉巻の吸い殻があって、一方の端がまだ湿っていてもう一方がまだ温かかった。家の前のアスファルトにガソリンが垂れていた。そして自分たちは車を持っていない。配達の車でもない。垂れた跡から、車が一時間以上駐まっていたことは明らかだったからだ。一度はその車をつかのま見もした。ちょうどそれが向こう側の角を曲がると同時に、彼が反対側に三ブロック離れた停留所でバスを降りたのだ。中古のフォードだった。帰ると彼女がひどく慌てていることもしばしばで、自分が何をやっているのか、何を言っているのかも上の空の様子だった。

そうしたいっさいが見えていないふりを彼は装った。彼は、スタップは、そういうタイプの人間だった。憎しみや恨みが癒える見込みがあるなら、それを表には出さない。心の闇の部分で、ひっそり抱え込む。こういう人間は危険である。

これでもし、自分に正直になれたなら、午後やって来る謎の訪問者は口実にすぎないことを彼は認めただろう。彼女を亡きものにすることを、そんなことをする理由が見つかるずっと前から夢想していたのであり、もう何年も前から彼の中で、殺せ、殺せ、殺せと何かが促していたのだ。ひょっとすると脳震盪を起こして病院にかつぎ込まれたとき以来だろうか。

よくありがちな理由はいっさい関係ない。彼女に独自の資産があるわけではない。保険をかけてもいないし、亡きものにしたところで何の得もない。代わりに誰か一緒になりたい別の女性がいるわけでもない。彼女がガミガミ屋だったり、しじゅう文句を言ったりもしない。大人しい、従順な妻だ。なのに彼の脳内のそれが、殺せ、殺せ、殺せとささやいている。六週間前までは何とか抑え込んでいた——良心ゆえにというより、恐怖心ゆえ、自己保存本能ゆえに。自分が出かけているあいだに訪ねてくる男がいるという発見、それだけあればもう、九頭の怪物が解き放たれ、暴れ出すに十分だった。そしていま、一人ではなく二人殺すのだと思うと、いっそうゾクゾクした。

　かくしてこの六週間ずっと、店から帰ってくるたびに、何かしらこまごましたものを持ってきていた。それ自体はごく無害で、誰を傷つけもしない、人に見られたところで何も気づかれはしないものたち。たとえば、時計の修理にときどき使うたぐいの細い銅線。そして毎回、とある物質を入れた包み——まあ爆発物の専門家が見ればわかるかもしれないが、まず誰にもわかりっこない。包み一つひとつに、火を点ければシュボッ！　と点火し、カメラのフラッシュみたいに閃《ひらめ》く量が入っている。そのくらいなら誰も怪我はしないし、まあ近づいたら皮膚は火傷するがせいぜいその程度。だがそれをぎっしり容れ物に詰め、地下室に置いていた石鹸用の木箱に入れて、ギリギリまで圧縮すると、三十六日分（日曜日には何も持ち帰らなかったので）がコンパクトにまとまり、話は全然違ってくる。誰にもわかりっこない。こんな安普請の家などろくに残らず、推理のしようもないはずだ。おおかた下水に溜まったメタンガスか、地下のどこかに溜まっていた天然ガスだろう、とみんな考えるにちがいない。二年前、街の反対側でそういう事故があった。まあもちろんそんなに大きな事故ではなかったが、元はと言えばそこからアイデアを得たのだ。

電池も持って帰ってきていた。ごく月並みな乾電池を二本だけ、一度に一本ずつ。肝腎の物質については、どこで入手したかは秘密、誰にも知られない。少しずつ調達することのよさはここにある。向こうは気づいてもいないだろう。ねえ、その小さな包み何が入っているの、などと彼女に訊かれたりもしない。何しろ毎回ポケットに入れて持ち運び、見られもしなかったのだから（むろん帰り道、煙草を喫ったりはしない）。まあかりに見たとしても、たぶん何も訊かなかっただろう。何にでも鼻をつっ込む、あれこれ訊いたりするタイプではない。きっと時計の部品か何かだろう、夜に仕事の続きをやろうと思って持ち帰ったのだろう、くらいにしか思わなかったにちがいない。それに最近は、とにかく訪問者がいることを隠そうと、あたふたして浮き足立っているから、グランドファーザークロックを抱えて帰宅したって気づかないんじゃないのか。

気の毒だが仕方ない。一階の部屋から部屋を彼女が上の空で駆け回るその足下で、死は着々と糸を紡いでいる。彼が店で時計の部品をいじくっていると、電話が鳴るだろう。「ミスター・スタップ、ミスター・スタップ、お宅がたったいま爆発して吹っ飛んでしまいました！」

若干の脳震盪で、何と物事は簡単になることか。

未知の男と彼女が駈け落ちするつもりはないことはわかっていた。初めは、なぜしないんだろう、と訝《いぶか》りもした。が、いまではこれだと思える答えにたどり着いていた。つまり、彼スタッフには仕事があるが、相手の男は明らかに無職であって、一緒に逃げても彼女を養えはしない。きっとそういうことだ。両方をいいとこ取りしようというわけだ。

そもそも彼としても、駈け落ちしてほしいわけではない。それでは自分の中で殺せ、殺せ、殺せと叫ぶそれが満足しない。それが二人を餌食《えじき》に求めていて、それ以下では納得しないのだ。もしたとえば、自分たちに五歳の子がいたら、そんな歳の子に罪があるはずはないものの、その子も虐殺に含めるだろう。そうした思いを医者が知ったら、迷わず病院に連絡したことだろう。だがあいにく医者は読心術に長《た》けているわけではないし、人は自分の思いをサンドイッチボードに掲げて歩き回りはしないのだ。

最後の小さな包みは二日前に持ってきた。これで箱の中もぎっしりになった。家を吹っ飛ばすのに必要な量の二倍だ。半径何ブロックもの窓を割るに十分だが、この家は一軒ぽつんと孤立していて、窓といってもここしかない。そのおかげで、自分が何か立派なことをやっている気になれた。自宅は破壊するが、他人の家を危険にさらしはしない。導線もしかるべく配置したし、必要な火花を発する電池も繋いだ。あと必要なのは最終調整、接続、そして……。

殺せ、殺せ、殺せ――彼の中のそれが嬉々として叫んだ。

今日実行するのだ。

午前中ずっと、ほかはそっちのけで目覚まし時計と取り組んでいた。一ドル五十セントの安物だが、彼はこれに、スイスムーブメントの懐中時計やプラチナとダイヤの腕時計に注ぐ以上の愛情を注いで扱った。分解し、掃除し、油を差し、調整し、組み立て直した。こいつに裏切られる危険は万にひとつもない。役割を果たさない、止まってしまう、引っかかってしまう、等々の恐れはいっさいない。自分で自分の店を動かすことのよさもここにある。ああしろ、こうするな、と上から言ってくる人間は誰もいない。店には助手も店員も置いていないから、ただの目覚まし時計にこんなに没頭しているのを見られ、おかしいぞと思われて人に言いふらされる心配もない。

いつもは五時に仕事から帰ってくる。この謎の訪問者、この侵入者は、二時半から三時ごろにやって来て、彼が帰ってくる少し前までいるにちがいない。ある日の午後、三時十五分前ころに小雨が降り出し、二時間以上あとに彼が帰宅したとき、家の前のアスファルトにはまだ大きな乾いた部分があって、いまなお降っている細かい霧雨に黒ずみはじめたばかりだった。これで彼女の裏切りの時間帯がよくわかったのである。

むろん、事を明るみに出そうと思ったら、これまで六週間のあいだどの午後でも、出し抜けに一時間早く帰り、二人と対峙すればよかった。だが彼としては、策を弄し、復讐の殺害を遂げる方が好ましかった。下手に釈明でもされて、こっちの決意が揺らいではいけない。ぜひともやりたいと思っていることをやる理由を奪われては困るのだ。彼女という人間はよくわかっている。機会を与えたらきっとそうするはずだ。心の奥で彼はそう恐れていた。恐れていた――これは誇張ではない。彼としては何としてもこれを実行したいと思っている。対決などに興味はない。決着をつけること、目的はそれだけだ。こうやって恨みつらみを人工的に育むことで、体内の毒はいまやすっかり熟した。そうしなければ、あと五年眠ったままでいたかもしれないが、いずれはどのみち噴出していたはずなのだ。

家事に関する彼女の手順は知り尽くしていたから、彼女がいない時間に帰ってくるのは訳ないことだった。まず午前は掃除。それから、昼食とは名ばかりのありあわせの一口。午後早くに出かけて、夕食の材料を仕入れる。家には電話があるが、決して電話では注文しない。彼にもよく言うとおり、買う品をこの目で見たいのだ。そうしないと商人たちは、好き勝手な品を好き勝手な値段で押しつけてくる。というわけで、一時から二時のあいだこそ実行の時だ。実行して、誰にも見られずにまた出ていける。

十二時半きっかりに、目覚まし時計をありきたりの茶色い紙に包み、小脇に抱えて店を出た。いつもはこの時間に昼食を取りに店を出る。今日は戻ってくるのが少し遅くなるだろう。それだけのことだ。もちろんドアには慎重に鍵をかけた。油断は禁物、店内には修理中・観察中の高価な時計がたくさんあるのだ。

店から下った四つ角で、毎日実際に帰宅するときとまったく同じようにバスに乗った。運転手や乗客に認識されたり身元を悟られたりする心配はない。ここは大都市である。朝から晩まで何百何千という人がバスを利用している。料金を払うときも運転手は顔を上げさえせず、こちらが渡すコインの感触のみを頼りにさっと器用に手を翻して釣銭をよこす。バスはほとんど空っぽだった。この時間、彼が行こうとしている方向に出かける人間など誰もいない。

いつもの停留所で降りた。ここから郊外の道路をえんえん三ブロック歩かないといけない。このせいで、家を買ったときもとりわけいい投資とは言えなかったし、その後も周りに一軒も家が建っていない。が、今日はそれを補って余りある。こんな時間に彼が自宅へ戻る姿を窓の外に見かけ、あとでそのことを思い出したりする隣人もいないのだ。歩くべき最初のブロックには小さなビルが並んでいて、どれも平屋の店舗だった。次の二ブロックは角から角まで一軒の家もなく、道の両側に広告板が立っているだけで、愛想の好い人々が毎日二度ずつ彼に笑顔を投げかける。どこまで能天気なのか、木《こ》っ端《ぱ》微塵《みじん》に吹っ飛ばされようとしている今日も、やっぱりニタニタ笑って提言やら励ましやらを送ってくる。汗だくの太った禿げの男は何かノンアルコール飲料を飲み干そうとしている。「一息ついてリフレッシュ！」。ニタニタ笑う黒人の洗濯女は洗濯物を干している最中。「いいえ奥様、オキシドールをちょいと使うだけです」。田舎の電話で話している農家の主婦はうしろをふり返りクスクスと笑っている。「こないだ買ったフォードＶ８の話、まだやってるわ！」。二時間後にはボロボロズタズタになるというのに、看板から降りてさっさと逃げるだけの知恵もない。

「逃げればよかった、って思うだろうよ」と、時計を抱えて彼らの下を通りながら彼は陰鬱に呟いた。

肝腎なのは、都会の三ブロックを白昼誰にも見られず歩ける人間がいるとしたら、いまの自分がまさにそうだということだ。道路から短いセメントの私道に入り、やっと自宅に着いて、網戸を引き、内側の木のドアに鍵を差し込み、中に入る。もちろん彼女はいない。いないのはわかっていた。でなければいま帰ってきはしない。

ドアを閉め、家の中の青っぽい薄闇に入っていく。眩《まぶ》しい街路にいたあとでは黄昏のように感じられるのだ。買物から帰ってきたとき涼しいようにと、緑のブラインドはどれも四分の三下ろしてある。彼は帽子を脱いだりはしなかった。長居するつもりはない。いま抱えているこの時計を始動させたら、さっさと立ち去らないといけない。実際、けっこう気味が悪いことだろう——バス停まで三ブロック戻るあいだも、都心に帰るバスを待つあいだも、あとにしてきた家では静まり返った中で何かがチクタクチクタク動いているんだと思うと。まあそれも二時間先の話だが。

地下室に通じるドアに直行した。がっしりした造りの木のドアだ。ドアを抜け、閉めて、むき出しの煉瓦の階段を下って地下室の床に降り立つ。冬には彼女も、時には彼の留守中ここへ下りてきて、オイルバーナーを調整しないといけないだろう。が、四月も十五日を過ぎたらもう、下りてくるのは彼しかいない。そして四月十五日はとっくに過ぎている。

そもそも彼女は、毎晩彼がここへ来ていることとさえ知らない。彼女がキッチンで皿を洗っているあいだに下りてきて数分を過ごし、彼女が皿洗いを終えてキッチンから出てきたころには、もうすでに一階に戻って新聞を広げているのだ。毎回小さな包みの中身を箱に足すのにさして時間はかからない。配線はもっと時間を要するが、それは彼女が映画に出かけた晩に済ませた(映画、というのは本人の言で、何という映画を観たのかはひどく曖昧だったが、彼もそれ以上追及しなかった)。

地下室は階段の上に電球が一個据えてあるが、夜以外は使う必要もなかった。外側は地面と同じ高さに、内側は天井のすぐ下になる採光窓がひとつあって、その細長い長方形から昼は光が入ってくるのだ。針金の網を入れた窓ガラスは手入れを怠っているせいですっかり曇り、ほとんど不透明になっている。

箱は、もはや単なる箱ではなくいまや非道の機械である箱は、オイルバーナーの横、壁に立てかけてある。すでに配線も済み電池も入れたいま、下手に動かしたりはしなかった。箱の前まで行って、しゃがみ込み、一種愛情のこもった手付きで触った。彼はこの箱が誇らしかった。これまで修理したり組み立て直したりしたどの精巧な時計よりも誇らしかった。結局のところ、時計に命はない。これはあと何分かで命を帯びるのだ。まあ悪魔の命かもしれないが、命は命である。ほとんど出産のようなものだ。

時計の包みを開けて、店から持ってきたいくつかの小さな道具をかたわらの床に並べた。箱に開けた小さな穴から細い銅線が二本、準備万端ぴんと突き出し、さながら何か昆虫の触角のように見える。ここを通って死が入っていくのだ。

まず時計のゼンマイを巻いた。繋いでから巻くのは危険だからだ。手首を巧みに、無駄なくプロフェッショナルに動かし、ギリギリまで巻いた。伊達《だて》に時計修理をやってはいない。ギギイッ、ギギイッ、と、静かそのものの地下室でその音は何とも不吉に響いたにちがいない。ふだんは就寝、安らぎ、眠り、安全を意味するこの上なく家庭的な音が、いまは迫りくる全滅を伝えている――つまり、誰か聞き手がいたなら。だがいるのは彼だけだ。そして彼にはそれも不吉に響かなかった。この上なく甘美に聞こえた。

アラームを三時にセットした。だがいつもとは違う。短針が3、長針が12に達したら、無害なベルが鳴り出す代わりに、電池と繋がった配線が火花を生じさせる。ただひとつの、ごく小さなはかない火花だけだ。そしてそれが起きれば、都心にある彼の店でもショーケースが揺れ、精密な時計機構が一つ二つ停まってしまうかもしれない。街を行く人々が立ちどまり、「いまの何だ?」と訊ねあうだろう。

爆発当時、家の中に彼女以外にも誰かいたのかどうかもはっきりとはわかるまい。彼女がそこにいたことだって、その後どこにも現われず、消去法で考えていって割り出せるにすぎない。家があったことすら、地面に穴が開いていて、周りに破片が散らばっているからわかるにすぎないのだ。

どうしてみんなもっとこういうことをしないんだろう。絶好の機会を逃してるんじゃないか。きっと、自分でこういう仕掛けを作るだけの知恵がないんだろう。

懐中時計を頼りに――いまは一時十五分――時計をセットし、裏側の蓋をこじ開けた。すでに店で小さな穴を開けてある。アンテナのような銅線を慎重にそこに通して、さらにもっと慎重に、それらをメカニズムのしかるべき部分に、少しの振動も伝えることなく繋いだ。きわめて危険な作業だが、手がヘマをやったりはしない。この種の仕事は百戦錬磨なのだ。時計の蓋を元に戻すことはべつに必須ではなく、裏が開いていようが閉じていようが結果は同じだが、それもやった。仕事を完璧に遂行したという実感を、彼の職人魂が要求したのである。終えると、床に置かれた時計はチクタク音を立て、あたかもたまたまそこに、銅の蓋をしたいかにも無害に見える石鹸箱と接して置かれたように見えた。ここへ下りてきてから十分経った。まだあと一時間四十分が過ぎねばならない。

死が飛び立たんとしている。

立ち上がって、自分の仕事を見下ろした。満足げに頷いた。下を向いたまま一歩下がり、少し距離を置いて見ることでいっそう高められたと言わんばかりにふたたび頷いた。一階に上がる階段の下まで行って、もう一度立ちどまり、見てみた。視力には自信がある。ここからでも、文字盤上の、分を表わす刻み目が見えた。一分が過ぎた。

うっすら笑みを浮かべ、階段を上がっていった。こっそりでなく、ビクビクでもなく、自分の家にいる人間が、いかにも所有者然と、悠々顔を上げて、胸を張り、確固とした足どりでのぼっていく。

　下にいるあいだ、上からは何の音もしていなかった。何か音が立てば、床板は薄いのでよく聞こえることは経験上知っていた。上でドアを開け閉めするのも聞こえるし、一階の部屋にいる人間が普通に体重をかけて歩けば間違いなくわかる。立つ位置によっては、音響の悪戯か、話せば声も聞こえたし、何と言っているかさえ明確に伝わってきた。これまで地下にいるあいだに、ラジオのローウェル・トマス〔著名なニュースキャスター〕の声を何度もはっきり聞いたことがあった。

　だからこそ、ドアを開けて一階の廊下に足を踏み入れて、二階のどこかから柔らかな足音がしたとき、彼はいっそう面喰らったのだった。一歩だけぽつんと聞こえた、何とも繋がっていない、ロビンソン・クルーソーの足跡みたいな音。一瞬立ち尽くして、必死に耳を澄まし、空耳だったのだと考えた――というより望んだ。だが空耳ではなかった。ズルッ、とたんすの引出しを開けるか閉めるかするのが聞こえ、それから、かすかにちりんと、何かがフランのドレッサーの上に並ぶ化粧品のガラス瓶に軽く当たったような音。

　彼女以外に誰もいるはずはない。とはいえ、この漠としたばらばらの音に伴うこっそりした感じは、フランのようには思えない。彼女であれば入ってきたときに聞こえただろう。ハイヒールが硬木の床を打つだけで、ちょっとした癇癪《かんしゃく》玉みたいに轟きわたるのだ。

　第六感がはたらいて、さっとダイニングルームの方をふり向くと、肩を丸め半ばかがみ込んだ男が一人、こっちへ寄ってくる姿が目に飛び込んできた。まだ何メートルか離れていて、ダイニングルームの敷居の向こう側にいるが、仰天したスタッフがただあんぐり口を開けているあいだに相手は見るみる近づいてきて、片手で彼の喉を乱暴に摑み、体を壁に叩きつけて押さえつけた。

「何の真似だ？」スタッフは喘ぎながらどうにか言った。

「おいビル、誰かいたぞ！」男は用心深げに叫んだ。それから空いている方の手で彼の側頭部に強烈な一発を浴びせた。頭を壁に押さえつけられているせいで体が揺れもせず、そのため殴打は二倍の衝撃となり、五感が曇って、しばし頭の中が渦巻となった。

頭が澄んでくるより前に男がもう一人、何かをポケットに詰め込む動作を終えながら上の階段から跳ぶように下りてきた。

「わかるだろ、急げ！」一人目が言った。「何か縛るものを持ってこい、さっさとここを出よう！」

「やめてくれ、縛るな――！」気管をぎゅっと押さえられながらもスタッフは何とか声を絞り出した。狂おしくあがく中で、あとはもう声も出ず、脚をバタバタ動かし、喉を押さえる手を振りほどこうとあがいた。べつに男と戦って追い払おうというつもりはない。とにかく喉を邪魔している手をしばし取り払って、何としても伝えたいことを伝えたいだけだ。だが相手にはそんな違いはわからない。もう一度、さらにもう一度男はスタッフを殴りつけ、彼はずるずると壁沿いに、完全に意識を失うことなく倒れ込んだ。

すでにもう一人の男はロープを手に戻ってきていた。フランが月曜に使う洗濯ロープをキッチンから持ってきたらしい。ぼうっと眩《くら》んだ頭が、なおも頸部《けいぶ》を押さえつけている男の腕の上に倒れていくとともに、スタッフは自分の周りで起きていることをぼんやり意識していた。脚や胴や腕がぐるぐる回り、十字に交差し、出たり入ったりしている……。

「やめてく――」彼は喘いだ。突然、口がほとんど二つに裂かれて、大きなハンカチだか襤褸《ぼろ》切れだかが押し込まれ、すべての音が封じられた。次に、それが飛び出さないよう男たちは外側に何かを巻きつけ、頭のうしろで縛った。頭がまた澄んできたが、もう手遅れだ。

「ずいぶん暴れるんだな」一人が陰気に呟いた。「何を護ろうってんだ？　当て外れもいいところだぜ、この家何もないじゃねえか」

手がチョッキのポケットに入ってきて、懐中時計を取り出すのがスタッフにはわかった。次はズボンのポケット、わずかな小銭を抜き取る。

「こいつ、どこに置いてく？」

「そのままそこでいいさ」

「駄目だ。俺がこないだ刑務所に入ったのは、男を一人、見えるところに置いてって、パトカーを呼ばれたからだ。次の四つ角で捕まっちまったよ。こいつ地下から上がってきただろ、また地下に戻そう」

これが新たな痙攣《けいれん》を引き起こした。その激しさたるや、ほとんど癲癇《てんかん》の発作のようだった。彼は身をよじらせ、のたうち、首を前後に振った。男たちは彼の頭と足を摑んで持ち上げ、地下室へのドアを蹴って開け、階段を下りていこうとした。彼が抵抗しているのではないということを、彼らはまだ理解できていなかった。警察を呼ぶつもりもないし、彼らを逮捕させるために指一本持ち上げる気もない。ただ単にここから外へ出させてほしいだけなのだ、彼らと一緒に。

「うん、ここの方がいい」二人で彼を地下の床に下ろしながら一方が言った。「ほかに誰が住んでいるか知らんが、ここならそうすぐには見つから――」

スタップが床の上で頭を前後に回し始めた。狂おしく、必死に、まず時計の方を指し、それから二人を指し、時計を指し、二人を指した。だが動きがあまりに速すぎて、かりにその意味が二人に伝わりえたとしてもそれも失われてしまったし、そもそも何の意味も伝わっていなかった。男たちは依然、彼が自由になろうとしぶとく抵抗を続けていると思ったのである。

「やれやれ！」一人が嘲笑《あざわら》った。「こんな奴、見たことあるか？」。そしてのたうつ彼を殴りつけようとするかのように腕をうしろに引いた。「いい加減にしねえと、二度と動けなくなる一発をお見舞いするぜ！」

「あそこの隅のパイプに縛りつけろよ」相棒が提案した。「さもないとこいつ、いつまでもそこらじゅう転げ回ってるぜ」。二人は彼をうしろ向きにずるずる引きずっていき、両脚を前に投げ出した格好で座らせ、地下室に転がっていた別のロープでパイプに縛りつけた。

それから二人はこれみよがしに両手をパンパンとはたき、縦一列に並んで、彼相手にさんざん手こずったせいで息も荒く階段をのぼって行った。「あったものだけもらってさっさと逃げようぜ」と一方が呟くように言った。「今夜もう一軒行くしかないな。今度は俺に選ばせろよ！」

「絶好だと思ったんだよ」相棒が弁解した。「誰もいないし、一軒ぽつんと建ってて周りに何もないし」

と、奇妙な音が聞こえてきた。薬罐《やかん》の湯が沸きかけた音か、雨の中で死ぬよう置き去りにされた生まれ立ての仔猫の鳴き声か、そんなふうな音が、スタップの口の猿ぐつわを通ってか細く漏れ出てきていた。それだけの小さな音を出すにもものすごい力が必要で、声帯はいまやはち切れてしまいそうだった。目は大きく見開かれ、まばたきもせず、恐怖と嘆願のまなざしを男二人に注いでいる。

階段を上がりながら二人は彼の表情を見たが、その意味は読み取れなかった。考えたところで、必死に縄をほどこうとしているのか、怒りをみなぎらせ復讐を仄《ほの》めかしているのか、くらいにしか思わなかっただろう。

一人目は何も考えずに階段の上のドアを抜け、視界から消えた。二人目は階段の途中で止まって、悦に入ったように彼の方をふり返った。ほんの数分前、彼が自分の手仕事に見惚れたと

き と同じ目付きである。

「まあまあ、落着け」と男は嘲《あざけ》った。「俺ね、昔は船乗りだったんだ。その結び目、絶対ほどけないよ」

スタッフは死に物狂いで頭部を回し、もう一度時計を見た。見るために超人的な力を費やし、眼球がほとんど飛び出していた。

今回はやっと通じたが、男はそれを誤って読んだ。愚弄するように、彼に向けて片手を振った。「デートがあるってのか？　いやいやそりゃあ無理だ、あきらめな！　何時なのか気にしたって意味ないぜ、どこへも行けやしねえんだから！」

それから、悪夢の恐ろしいのろさで——といってもそう思えただけで、男は実のところきびきびと階段をのぼる歩みを再開したのだった——まず頭が戸口を通り抜け、肩がそれに続き、次は腰だった。こうして視覚のコミュニケーションさえも断ち切られた。あと一分あれば、何とか伝わったかもしれないのに！　いまや片方の足がうしろに振られたのが見えるのみ、それが階段の一番上の段に載って、いまにも持ち上がろうとしている。スタップの目がその足に、熱い哀願の力でとどまらせようとするかのように釘付けになっている。かかとが段を離れ、そのまま上昇し、体のほかの部分を追っていって、見えなくなった。

あたかもひたすら意志の力でそれを追おうとするように、スタップはすさまじい力を発揮して体を持ち上げ、少しのあいだ、体全体が弓なりにぴんとのび、肩からかかとまでが床を離れた。それからまた、どさっとくぐもった音とともに床に落ち、体の下からわずかな埃が上がって、五、六本別々の汗の筋が一度に顔を流れ、交差し、たがいに交わった。階段の上のドアが枠へと引っ込んでいき、カチッという音とともにラッチが受け口に収まり、その小さな響きが彼には最後の審判の雷鳴に思えた。

静寂が訪れたいま、自分自身の呼吸が、海岸線に打ち寄せる波のように寄せては返し、それと対位法を成して時計が鳴った。チクタク、チクタク、チクタク。

少しのあいだ、二人がまだ頭上にいるのがわかることがささやかな慰めとなった。時おりそこここからこっそりした足音が聞こえるが、決して続いて聞こえはしない。二人ともおそろしく巧みに動いている。空巣にはさぞ経験を積んでいるのだろう、いまはその必要もないのに、長年の習慣から極力用心深く歩いている。一言だけ言葉が、裏口近くから聞こえた。「さ、いいか？　こっちから出よう」。蝶番《ちょうつがい》が軋《きし》み、二人とも外に出て、ドアが閉まる、その恐ろしい、すべてが終わった響き。裏口。フランが鍵をかけるのを忘れて、そもそもこっちから侵入してきたのか。そうして二人はいなくなった。

彼らとともに、外の世界との接点も失われた。いまこの瞬間、彼の居所を知っているのは、街じゅうあの二人だけだ。ほかには誰一人、どこで彼が見つかるのか知らない。三時までに発見されてここから出してもらえなければどういうことになるのかも、一人として知らない。いまは一時三十五分。二人がいることに彼が気づき、争いが生じ、彼がロープで縛り上げられ、二人が悠然と立ち去った……そのすべてが十五分以内の出来事だったのだ。

　チクタク、チクタク、チクタク、リズミカルに、容赦なく、ものすごく速く。

　残された時間は一時間二十五分。八十五分。どれだけ長く思えるだろう、もし雨降る街角で傘をさして誰かを待っていたなら。かつて結婚前、フランが勤めているオフィスの外で彼女を待ったように――あのときは結局、その日は体調を崩して早退していたことが判明したのだった。どれだけ長く思えるだろう、病院のベッドに寝かされて、ナイフで刺されるような痛みを頭に抱え、次のトレーを持ってきてもらうまで白い壁以外見るものも何ひとつなかったら――脳震盪のときはまさにそうだった。どれだけ長く思えるだろう、新聞も読み終え、ラジオの真空管が一本焼け切れてしまい、寝床に入るにはまだ早すぎるなら。どれだけ短く、つかのまに、一瞬に思えることか、それが生きるべく残された全時間であって、終わったら死ぬのなら！

　これまで見て、直してきた何百という時計の中でも、これほど速く動いた時計はひとつもなかった。これは悪魔の時計だ。その十五分は一分であり、一分は一秒である。長針は刻み目に全然止まらず、ひとつの刻み目から次の刻み目へと休まず進んでいく。こいつは彼をだましている、正しい時間を守っていない、誰かせめてその動きを遅くしてくれ！　風車みたいにくるくる回ってるじゃないか、この長針。

　チクタクチクタクチクタクチクタク。彼の頭の中でそれが「俺はもう駄目だ俺はもう駄目だ俺はもう駄目だ」に変換された。

あの二人が出ていってから、永遠に続くように思える静寂の時間が続いた。時計によればほんの二十一分。と、二時四分前にいきなり上でドアが開いた。ああ、何と麗しい音、何と美しい音！　今回は表玄関、地下室のこっち側の上だ、ハイヒールがカツカツとカスタネットのように頭上で鳴った。

「フラン！」彼は叫んだ。「フラン！」彼はわめいた。「フラン！」金切り声を上げた。だが猿ぐつわの外まで出たのはぐずるような小さい音だけで、地下室の向こう側にすら届かなかった。必死に力を振り絞っているせいで顔はどす黒く染まり、ぴくぴく脈打つ首の両側に筋が一本ずつ、添え木のように浮き上がった。

カツカツカツはキッチンに入っていき、少しのあいだ止まって（買物袋を下ろしている――届けてもらうと配達の男の子に十セントのチップを渡さないといけないので自分で持ち帰るのだ）、また戻ってきた。重ねて縛られた両の足先で蹴れるものが、音を立てられるものが何かあったら。地下室の床は壁から壁まですべてむき出しだ。縛りつけられた両脚を持ち上げて床から離し、どさっと精一杯の勢いで落とす手も試してみた。これなら彼女の耳に届くかもしれないと思ったが、出てきたのは柔らかな、クッションで覆ったような音だけだった。手のひらで石の表面を思いきり叩く痛さの倍なのに、石を叩くほどのはっきりした音も出ない。靴底はゴム製で、できることならそれを高く持ち上げてひねりを加え、かかとの上の革の部分に叩きつけたかったが、とうていそこまで上げられなかった。電流が通ったような痛みが両脚の裏側を貫き、背骨をのぼり、光り輝くロケットのように後頭部で炸裂した。

一方、フランの足音は廊下のクローゼットのあたりで止み（きっとコートを掛けているのだ）、それから二階に上がる階段の方へ行き、のぼっていくとともに音も薄れていった。いまはしばし、声が届かないところにいる。でもとにかく、家の中に、彼と一緒にいる！　さっきまでの恐ろしい、一人取り残された感覚はなくなった。彼女が近くにいることが心底有難く、彼女を愛している、彼女がいなくては、という気持ちが胸に満ちていって、どうして彼女を始末しようなんて――それもほんの一時間前まで――思ったのか不思議でならなかった。そんなことを考えるなんて、気が変になっていたにちがいない。まあそうだったとしても、いまはもう正気で、まともにものを考えられる。この試練のおかげで、正常に戻ったのだ。とにかく解放してほしい、この危険から救出してほしい、そうしてくれたらもう二度と……。

二時五分過ぎ。フランが帰ってきて九分経った。いま、十分。はじめはゆっくり、それからだんだん速く、彼女の帰宅でつかのま鎮まった恐怖がふたたび彼を締めつけはじめた。何でぐずぐずいつまでも二階にいるのか？　何かを探しに地下室に下りてきたらどうだ？　不意に何か必要になったものが、ここにないのか？　あたりを見回してみたが、何もない。彼女をここに導く可能性のあるものは何もない。彼らはつねに地下室を清潔に、空っぽに保ってきたのだ。何でよその家みたいにガラクタが積まれてないんだ！　そうだったらいま助かったかもしれないのに。

午後をずっと二階で過ごす気かもしれない！　横になってひと眠りするとか、髪を洗うとか、古いドレスを作り直すとか、夫の留守中に女性がかかずらうあれこれ無害な営みがいまは死に繋がる！　夫の夕食を作る時間まで上にいるつもりか。だとしたら、夕食も彼女も夫もなくなる。

と、わずかな慰めがふたたび訪れた。男。彼女と一緒に亡きものにするつもりだった男、そいつが彼を救ってくれる。そいつが救い主になってくれる。スタッフがいないあいだ、毎日午後に来ていたはずじゃないか。ならば今日も来てくれ、今日も二人の密会の日であってくれ（でもそうじゃないかもしれない！）。男が来れば、彼女もまずは迎えに一階に下りてくるだろう。そうすれば助かる見込みもぐっと増える。彼が必死で立てるささやかな音を聞く耳が、一組から二組になるのだから。

こうして彼は、何とも変則的な立場に陥った。これまではその存在を推し量っていただけで確証はなかったライバルの出現を祈る夫。ありったけの熱意を込めて祈願している。

二時十一分。あと四十九分だ。映画の前半を見終える時間より少ない。ちょっと待たされる散髪の時間より少ない。日曜の食事を終える時間、ラジオで一時間番組を聴く時間、ひと泳ぎしにバスに乗ってここからビーチまで行く時間より少ない。それより少ない――生きられる時間が。そんな馬鹿な、あと三十年、四十年は生きられるはずだ！　それらの年、月、週はどうなったのか？　そんな、あと何分かしかないなんて、冗談じゃない！

「フラン！」悲鳴を上げた。「フラン、下りてこい！　聞こえないのか？」。猿ぐつわがその声をスポンジのように呑み込んだ。

突然、一階の廊下、ちょうど彼とフランの真ん中あたりで電話がリーンと鳴った。これほど美しい音を聞くのは初めてだった。「有難い！」涙が出て、両目に一滴ずつ浮かび上がった。きっと男だ。これで彼女も下りてくる。

そしてふたたび恐怖。今日は来られない、という連絡だったら？　あるいはもっと悪いことに、代わりに彼女の方が出てきてどこかで落ちあおうという誘いだったら？　彼はまたここに置き去りにされて、目の前でチクタク鳴っているこの悪魔と向きあうのだ。どんな子供だって、闇の中に一人残されることをここまで恐れはしないだろう。両親が明かりを消して、鬼とともに取り残されるのを怖がる子供の気持ちも、この大人が、妻が家を出て彼を置いていくのではと恐れる気持ちに較べれば何ほどのこともない。

電話はなお少し鳴りつづけ、やがて彼女が階段をせかせか下りてくる音が聞こえてきた。彼がいるところからも、何と言っているか一言残らず聞き取れる。何という安普請。

「もしもし？　ええ、デイヴ。いま帰ってきたところ」

それから「ねえデイヴ、大変なの。二階のたんすの引出しに入れておいた十七ドルがなくなってるし、ポールにもらった腕時計もない。ほかには何もなくなっていないけど、私が出かけてるあいだに空巣に入られたみたいなの」

下で聞いていたスタッフは嬉しさにほとんど身をよじらせた。空巣に入られたとわかったんだ！　きっと警察を呼ぶ！　きっと警察が家じゅう捜索して、ここへも下りてきて見つけてくれる！

確かかい、と相手は訊いたにちがいない。「ええ、もう一度見てみるけど、間違いないと思うわ。腕時計、どこに置いたかはっきり覚えていて、そこにないのよ。ポールが癇癪起こすわ」

いいや、ポールは癇癪など起こさない。彼女がここへ来て、このロープを解いてくれさえすれば、何だって許す。彼が汗水垂らして稼いだ金を盗まれるという大罪だって許す。

それから彼女は言った。「いいえ、まだ通報はしてない。した方がいいんだろうけど、気が進まないの——だって、あなたのことがあるから。まずお店にいるポールに電話するわ。万が一、けさお金と時計、両方持って出かけたかもしれないから。たしかこないだの晩私あの人に言ったのよ、この時計少し遅れるのって。だからちょっと見てみようって思ったのかもしれない。ええわかったわデイヴ、じゃあいらっしゃい」

では男は来るのだ。スタッフはこの家に一人取り残されはしない。安堵の熱い息が、口蓋の奥で、ぐしょぐしょに濡れた猿《ま》ぐつわをわずかに押した。

電話を切るあいだ少し間が生じた。それから彼女が店の番号をオペレーターに伝えるのが聞こえた。「トレヴェリアン４５１２」。彼女は待ったが、むろん誰も出なかった。

チクタク、チクタク、チクタク。

繋がりません、とオペレーターに告げられたのだろう、「切らないで、もっと鳴らしてください」と言っている。「夫の店なんです。この時間はかならずいるはずだから」

恐ろしい静寂の中で彼は叫んだ。「僕はここにいる、君の真下に！　時間を無駄にするな！　電話なんかやめて、ここへ下りてこい！」

結局、やっぱり繋がりませんともう一度言われて、彼女は電話を切った。受話器を壁に掛けるうつろな、包むような音まで彼の耳に届いた。ああ、すべてが届く――救い以外は。異端尋問官も羨む拷問ではないか。

足音が電話から遠ざかるのが聞こえた。彼がいるべきところにいないとわかって、何かおかしいと思わないのか？　ここへ下りてきてみたらどうなのか？（女の第六感とか言うじゃないか！）。いや、そんなことわかるわけがない。彼女の頭の中で、この家の地下室が、彼が店にいないという事実とどう繋がるのか。たぶんまだ、彼の不在に動揺すらしていないだろう。晩なら話は別だが、まだ昼なのだ。いつもより遅く昼食に行ったのかもしれないし、ちょっとそこまで用事に出たのかもしれない。

また階段をのぼっていく音が聞こえた。金と時計を探す作業に戻るのだろう。失望のあまり、彼は哀れっぽい、ぐずるような音を立てた。二階にいるのでは、何マイルも離れているのと変わらない。すぐ真上にいるのとは全然違う。

チクタク、チクタク。いま二時二十一分。あとわずか三十九分だ。それが、熱帯の雨粒がトタン屋根を打つ景気よさで過ぎていく。

自分をしっかり縛りつけているパイプから身を離そうと必死にあがき、くたびれ果てて元に戻り、少し休んで、また懸命にあがく。そこには時計のチクタクと同じ一定のリズムがあるが、ただし間隔はもっと長い。何でこのロープ、こんなにしぶといのか？　元へ戻るたびに体はますます弱っていて、抗う力も減っている。自分は麻の撚《よ》りあわせではない。薄い、一層一層破れる皮膚の重なりでしかなく、焼けるような痛みを発しもすれば、しまいには血も出るのだ。

玄関の呼び鈴が甲高く鳴った。男が来たのだ。電話で話して十分と経たぬうちにやって来た。新たな希望にスタッフの胸が上下した。これでまた望みが出てきた。家に一人ではなく二人になって、チャンスも倍増だ。彼が懸命に立てるかすかな音を聞く耳が二つではなく四つ。そう、何とか、何とかして音を立てねば。ドアが開くのを待っている見知らぬ男に彼は祝福を送った。愛人だか何だか知らないがとにかく有難い、二人の密会が有難い。あちらが望むなら喜んで二人を祝福する、全財産を差し出す、何だって惜しくない、見つけてさえくれるなら、自由にさえしてくれるなら。

彼女がふたたび足早に階段を下りてきて、足音がそそくさと廊下を進んでいった。玄関のドアが開いた。「ハロー、デイヴ」――キスの音がはっきり聞こえた。大きな、恥じらいのない、密通というより温かさを物語るキスの音。

太い、よく通る男の声が「どう、見つかった？」と訊いた。

「いいえ、そこらじゅう探したんだけど。あなたと話したあとポールにも電話したんだけど、昼食に出ていたわ」

「とにかく、何もせずにみすみす十七ドル失くすわけには行かないよ」

たかが十七ドルのために、彼の命が刻々となくなるのにも構わずあそこにつっ立ってる。彼のだけじゃない、彼らの命だって同じだ、馬鹿！

「僕がやったと思われるだろうな」と男が恨めしげに言うのが聞こえた。

「そんなこと言っちゃ駄目」と彼女は窘《たしな》めた。「キッチンに来なさいな、コーヒー淹れてあげるから」

彼女の速い、こわばった足音がまず進み、男の重い、ゆっくりした歩みが続いた。椅子が二つ引き出される音がして、男の足音が完全に止んだ。彼女の方はまだ少し、レンジとテーブルのあいだの短い軌道をせわしなく行き来している。

あいつらどうするつもりだ、あと三十分座ってる気か？　何とかして音を届かせられないものか。咳を試し、咳払いも試した。すさまじい痛さだった。ずっと必死に声を出していたせいで喉の内側がすっかり腫れている。だが猿ぐつわのせいで咳も猫が喉を鳴らす音に変わった。

三時二十六分前。もうあとは分単位しかない。もはや半時間も残っていない。

ようやく彼女の足音が止んで、一方の椅子がわずかに動いた。彼女もテーブルについたのだ。

レンジと流しの周りにはリノリウムが敷いてあって音もこもるが、部屋の真ん中、テーブルが置いてあるあたりは普通の松材の床である。水晶のごとく正確にすべての音を通す。

彼女が言うのが聞こえた。「ねえ、ポールに話すべきだと思わない？　私たちのこと」

男はしばし答えなかった。砂糖をスプーンでかき混ぜているのか、彼女が言ったことを考えているのか。やっとのことで「どういう人なの、ポールは？」と言った。

「狭量な人じゃないわ。心の広い、フェアな人よ」

苦悶のさなかにも、スタッフはぼんやりひとつのことを意識していた――あんな言い方、全然フランらしくない。彼のことを肯定することが、ではない。そういう話題を彼に打ちあけるということを、ここまで冷静に、落着いて考えられることがだ。常日頃はもっとずっと潔癖症で、偏狭な感じすらあるのに。いまの一言で、彼の知らなかったフランの世慣れた一面が見えた思いがした。

男は明らかに、ポールに秘密を明かすことに懐疑的だ。少なくともさっきから何も言わずにいる。男を説得しようとするかのように、フランが先を続けた。「ポールのことで心配は要らないわ。私にはあの人のことがよくわかってる。それに、いつまでもこんなふうにやって行けないでしょう？　ぐずぐずしてあの人に勘づかれてしまうより、こっちからあなたのこと打ち明ける方がいいのよ。ちゃんと説明しないと、下手をすればまるっきり誤解して、勝手に一人であれこれ考えて、悪く思いかねない。このあいだあなたのアパート探しを手伝ったときだって、映画に行ってきたって言ったんだけど、あの人見るからに信じていなかった。とにかくあの人が晩に帰ってくるたびに私すごく落着かないのよ、いままで気づかれなかったのが不思議なくらい。何だか私、疚しい気になるのよ、まるで浮気をしている妻みたいに」。そんな比喩を持ち出したこと自体を詫びるかのように、彼女は何とも気まずそうに笑った。

どういうことだ？

「僕のこと、一言も話してないの？」

「はじめのころに？　話したわよ、あなたが一、二度困ったことになったって。でもあとは、ほんとに愚かだったわね、あなたの消息がとだえたって思わせることにしたのよ。もう行方もわからないんだって」

前に言っていた、弟のことだ！

まさに彼がそう思った瞬間、上で座っている男がそれを裏付けた。「姉さんが大変なことはわかってる。せっかく幸せに結婚してるのに、僕なんかがのこのこやって来て台なしにする権利はないよね。弟が前科者だ、脱獄囚だなんて誰も誇りに思わない――」

「デイヴィッド」床を通してでもその声のひたむきさははっきり伝わってきた。彼女がテーブルの向こうに手をのばして、男の手に優しく触れるのがスタッフにはほとんど見える気がした。「あなたのためなら私はどんなことでもする。そのことはもうわかってるでしょう。あなたはいままで、運に恵まれなかったのよ。すべきじゃなかったことをしてしまったわけだけど、それはもう過ぎたこと。くよくよ考えても始まらないわ」

「戻っていって刑期を終えるしかないんだろうな。でも七年だよ、フラン、人生のうち七年って――」

「でもこのままじゃあ人生も何もないでしょ――」

あいつらああやって喋って俺の人生を終わらせる気か？　三時十九分前。あと十五分、四分、それでおしまいだ！

「何をするより前に、お店に行ってポールと話しましょうよ、ポールの意見を聞くのよ」。一方の椅子がギイッと引かれ、もう一方も倣《なら》った。皿がガチャガチャ鳴るのが聞こえた。みんな一山に積まれたような響き。「これ、帰ってきてからやるわ」と彼女が言った。

また出かけるのか、ここへ彼を一人置き去りにしていくのか、もうあと何分もないのに？

二人の足音が廊下に出てきて、決めかねたように一瞬止まった。「真っ昼間に街なかで姉さんが僕と一緒にいるのを見られたくないよ、姉さん厄介なことになりかねないから。ポールに電話して来てもらったら？」

そうだそうだ、とスタップは絶叫した。ここにいろ、行くな！

「私、怖くない」と彼女は健気に言った。「この時間にあの人に仕事を離れてほしくないし、電話じゃ話せないわ。ちょっと待って、帽子を取ってくるから」。彼女の足音がつかのま離れ、ふたたび合流した。

パニックに駆られて、スタッフは思いつくただひとつのことをやった。縛りつけられている太いパイプに、思いきり後頭部をぶつけたのだ。

青い炎が目から飛び出した。空巣たちにすでに殴られた箇所を打ったにちがいない。痛みは何ともすさまじく、もう一度やるのは無理だとわかった。だが、何かは聞こえたにちがいない――どさっという鈍い音だか反響だかが、パイプを伝って上がっていったはずだ。彼女がしばし立ちどまり、「いまの、何?」と言うのが聞こえた。

だが男は彼女より鈍く、知らずに彼を殺した――「え? 何も聞こえなかったよ」

彼女はその言葉を真に受け、ふたたびコートを取りに廊下のクローゼットへ向かった。そうして足音はダイニングルームを通ってキッチンまで戻っていった。「ちょっと待って、裏口がちゃんと閉まってるか確かめるから。いまさら手遅れだけど!」

今度こそ出かけようと、彼女が家の奥から表に戻ってきて、玄関のドアが開く音がし、彼女がそこを抜け、男もそこを抜け、ドアが閉まって、二人はいなくなった。外の空間で、車のエンジンがかかるかすかなうなりが聞こえた。

そしていまふたたび、彼は自ら創り上げた破滅とともに取り残された。これに較べれば前回は楽園だった。あのときはまるまる一時間、たっぷりあった時間が、いまはただの十五分、一時間のたった四分の一だ。

もうあがいても意味はない。そのことはもうとっくに思い知った。第一、あがきたくてもあがけない。手首や足首を炎がゆっくり舐めている。

いまや彼は、一種の緩和剤を見出していた。残されたものはこれくらいしかない。下を向いて、細かく震える手が実際よりゆっくり動いているふりをするのだ。手をずっと見ているよりいい。少なくとも恐怖が少しは鈍る。一方、チクタクからは逃げようがない。もちろん時おり目を上げて、自分の計算を確かめずにはいられない。見ればまた絶望が押し寄せてくるが、見たあとに「さっき見てからまだ三十秒しか経っていない」と思うことができるのは少し楽だ。そうして精一杯長く目を伏せたまま我慢し、それ以上耐えられなくなったら目を上げて、そのとおりか見てみる——経った時間は二分。激しいショックに襲われて、神に助けを仰ぎ、ずっと昔に死んだ母親の助けまで仰ぎ、涙でまっすぐ前も見えなくなった。やがてまた気を取り直し、自己欺瞞が一から始まる。「さっき見てからまだ三十秒くらいしか経ってない……そろそろ一分かな……」(本当か? 本当か?)。そうやってまたじわじわ、恐怖が絶頂に達し、奈落の底に墜《お》ちていく。

と、突然、外の世界がふたたび侵入してきた。いまやすっかり切り離されて、もうすでに自分は死んだかのように遠い、現実味のない世界で、玄関のベルが鳴り響いた。

はじめは、その呼び出しにも何ら希望を感じなかった。どうせ何かの行商人だろう。いや、行商人にしては押しの強い鳴らし方だ。入れていただければ有難い、ではなく、入れてもらうのが当然、という鳴らし方。もう一度鳴った。鳴らしている人間は、待たされることに苛立ち、喧嘩腰になっている。三度目。今回は三十秒近く、ほとんど銃撃のように響いた。きっと指はボタンに押しつけたままにちがいない。轟音がようやく止んで、誰かが強い語調で叫んだ。

「どなたかいませんか？　ガス会社です！」。そして突然、スタッブの全身がぶるぶる震え、苦悩のあまりほとんど嘶《いなな》きのような声が漏れた。

まさにこれだ——家庭で一日のうちに起きうるさまざまな出来事の中で、早朝から深夜まで、人を地下室に導く上でこれ以上うってつけなものがあるだろうか。これぞ最良の出来事ではないか！　メーターは階段のかたわら、壁に掛かっていて、彼をまっすぐ見据えている！　なのにフランの弟ときたら、よりによってこのタイミングで彼女を家の外に連れ出したのだ！　検針員を中に入れる者は誰もいない。

セメントの通路で、一対の足が苛立たしげに引きずられる。検針員が二階の窓を見上げようと、玄関から降りてきて少しうしろに下がったにちがいない。そして検針員が家の前をずるずるうろうろ動き回り通路から出たり入ったりするなか、スタッブはつかのま、両脚の脛あたりのぼやけた像を、地下室の煤《すす》けた採光窓越しに垣間見た。この救世主候補が、ただしゃがみ込み、中を覗き込んでくれさえすれば、彼が縛りつけられた姿が見えるはずだ。あとはごく簡単な話！

なぜそうしない、なぜしないんだ？　だがもちろん、三度ベルを鳴らして誰も出なかった家の地下室に誰かいるなんて思うわけがない。じらすように見え隠れするズボンの下半分がふたたび視界から消え、採光窓からは何も見えなくなった。スタッフの押し広げられた口に突っ込まれた猿ぐつわにしみ込んだ唾液が少量漏れ出て、音もなく震えている下唇を流れていった。

ガスの検針員はもう一度呼び鈴を鳴らした。いまさら入れてもらえると期待しているというよりは、拒まれた怒りをぶちまけているという感じだった。電信機のキーを打つみたいに、何度も短くつっつっついている。ビッビッビッビッビッ。それから、道端に駐めたトラックで待っている見えない助手に向かってか、憤慨した声で「こっちに用があるときは絶対いねえんだ！」とどなった。セメントの上にさっとすばやく一歩が踏み込まれ、家から遠ざかった。そうして、小型トラックが走り去るくぐもった音。

スタッフは少し死んだ。比喩的にではなく文字どおり、腕と脚が肱・膝まで冷たくなり、心臓の鼓動も遅くなったように思えたし、しっかり息をするのもひと苦労だった。さらに唾液が漏れて顎を伝い落ち、頭が前に垂れて少しのあいだ力なく胸に載っていた。

チクタク、チクタク、チクタク。しばらくしてその音が彼を正気づかせた。悪意ある邪《よこしま》なものなのに、何か有益な、嗅ぎ薬かアンモニアのように思えた。

頭が混濁してきたことを彼は自覚した。まだそれほどではないが、時おり奇妙な妄想が湧いてくるのだ。あるときは自分の顔が時計の文字盤だと思えて、あそこにある、俺がじっと見ているものが俺の顔なんだと思った。二本の針を支えている真ん中の軸が鼻になり、上方の10と2が目になって、赤いブリキが髭になり頭髪になり、頭のてっぺんには帽子代わりに小さな丸いベルがあった。「やあ、変な顔だなあ」と眠気の中で愚痴っぽく思った。ふと気がつけば、顔の筋肉がぴくぴく動いている。顔に留められた二本の針を、何とか止めようとしているのか――針がこれ以上動いて、あそこにいる男を、チクタクチクタクいとも機械的に呼吸している男を殺してしまうのをどうにか阻止しようとしている。

奇怪な妄想を追い払ってみると、これもただの逃避メカニズムだったんだと悟った。あそこにある時計をコントロールすることはできないから、それを何か別のものに代えようとしたのだ。またもうひとつ奇想が浮かんだ。この試練がもたらされたのは、彼がフランにひどい仕打ちをしようとしていた罰《ばち》だという思いだ。いま彼を押さえつけているのは生命なきロープではなく、何か能動的な、懲罰を任とする主体であって、もし彼が悔恨の情を示し、罪をしかるべく償うことを誓うなら、自動的に解放してもらえるのだ。そこで、絞めつけられた声なき喉で、何度もくり返し「ごめんなさい。もうしません。今度だけは自由にしてください。教訓を学びました。もう二度としません」と言いつづけた。

外の世界がまた戻ってきた。今回は電話だった。きっとフランと弟が、自分たちがいないあいだに彼が帰ってきたかと思ってかけてきたのだろう。行ってみたら店は閉まっていて、しばらく外で待ってみたが、やっぱり戻ってこないので、いったいどういうことなのか、首をひねっているにちがいない。具合でも悪くなって入れ違いで帰宅したかと、そばのボックスから電話してみた。誰も出ないとわかって、今度こそ何か変だと二人とも悟るはずだ。彼がどうなったかと、家に戻ってくるんじゃないか？
でも、電話にも出ないのに、どうして彼が家にいると考えるだろう？　実はずっと地下室にいただなんて、どうやって思いつく？　きっともう少し店の周りで待ち、やがてフランが本気で心配しはじめて、ポールと警察に行くのではないか（でもそれはいまから何時間も先だろう。そんなの何の役に立つ？）。きっとここ以外のあらゆるところを探すだろう。誰かが行方不明になったら、自宅こそ一番探されそうにない場所だ。

とうとうベルが鳴り止み、その最後の震動が、止んだずっとあとも命なき空気中にうっすら漂っているように思えた。ぶーん、といううなりが、澱んだ池に落とした小石のように輪を描いて広がっていくが、やがてそれも消えて、代わりに静寂が池を包む。

フランはもう、電話ボックスであれ何であれ、かけた場所の外に出ただろう。待っている弟の許へ行く。「家にもいないわ」と報告する。落着いた、いまだ心配していない口調で一言を加える。「変じゃない？　いったいどこへ行ったのかしら？」。そうして二人で、錠のかかった店の前に戻っていって、待つ。不安も懸念もなく、危険を感じてもいない。彼女は時おり、わずかに苛立って片足でとんとん地面を打ち、弟とお喋りしながら通りの左右に目をやる。

そしてもうじき、彼らもまた、三時にハッと息を呑んで「いまの何？」と言いあう大勢のうちの二人となるだろう。そしてフランが一言、「うちの方角から聞こえたみたい」と付け足すかもしれない。彼の逝去に関し、それが彼らの全発言であるだろう。

チクタクチクタクチクタク。三時九分前。ああ、九とは何と美しい数字か。九よ永遠に、八でも七でもなく、九こそ万劫《とこしえ》に。時間を止めろ、周りの世界は澱んで朽ちはてようとも彼は息ができるように。だがああ、もう八分前。二つの黒い刻み目のあいだの白い空間を針はすでに越えてしまった。おお、八は何と貴《たっと》い数か、8、どこまでも丸く、どこまでも対称的。八こそ永遠に――

どこか外で、きつく叱る女性の声が響いた。「気をつけなさいボビー、窓が割れちゃうわよ！」。少し離れているが、独裁者然とした口調ははっきり聞き取れた。

もわっとぼやけたボールの影が、地下室の採光窓に当たるのをスタップは見た。女性の声が窓を通って届いたので、そっちを見上げていたのだ。きっとただのテニスボールだったのだろうが、一瞬のあいだ、汚れた窓ガラスにぶつかって黒い輪郭がぬっと浮かび、小さな砲弾に見えた。しばし宙吊りになったかのようにガラスに貼りついていたが、やがて地面に落ちた。普通のガラスだったらたしかに割れていたかもしれないが、針金の網が入っているので何ともない。

子供はボールを取りに採光窓のすぐそばまで寄ってきた。すごく小さな子供なので、スタップからも窓枠内に頭以外の全身が見えた。ボールを拾おうとかがみ込むと頭も視界に入った。短い金髪の巻き毛が顔を包んでいた。横顔がスタップの方に向けられ、ボールを見下ろしている。ここに置き去りにされて以来初めて目にする人間の顔だ。天使のように見えた。ただし注意散漫で無関心な天使。

なおも地面近くにかがみ込んでいるあいだに何か別のものが見えたのか、子供はそれに興味を引かれて、拾い上げ、依然かがんだまま眺めていたが、結局ぞんざいにうしろに放り投げた。

女性の声がさっきより近くなった。家の真ん前の歩道をだらだら歩いているにちがいない。

「ボビー、そんなふうに物を投げるのはやめなさい。誰かにぶつけちゃうわよ！」

子供がこっちを向きさえすれば、まっすぐ中が見えて、彼の姿が見えるのに。ガラスはそこまで汚れてはいない。彼は頭を激しく左右に振りはじめ、動きで子供の注意を惹こう、目を捉えようとした。それが功を奏したのか、あるいは持ち前の好奇心ゆえそんなきっかけもなしに見たのか、とにかく突然頭がくるっと回り、子供はまっすぐ採光窓の中を覗き込んだ。まだ何も見えていない。子供のうつろな目でわかった。

スタップはますます速く頭を振った。子供はぽっちゃりした片手のへりをぎこちなく動かして窓をこすり、若干のスペースを空けて目をすぼめ、中を見た。これできっと彼が見える！

だがなお少しのあいだ、子供には何も見えていなかった。きっとここは外よりずっと暗いし、光は子供の背後から差している。

女性のきつく咎《とが》める声が聞こえた。「ボビー、何してるの？」

と、突然、子供が彼を見た。瞳孔が少し横に動いて、ぴたっとまっすぐ彼に焦点が合った。うつろな表情が好奇心に変わった。子供にとって、何ひとつ奇妙なものはない。地下室で縛られている男の人だって、べつにとりわけ奇妙じゃない。が、あらゆるものが奇妙だとも言える。すべてのものが不思議の念を引き起こし、子供は解説を望み、説明を求める。母親に何か言ってくれないのか？　この子、喋れないのか？　もう喋れる歳のはずだ。女は、母親は、ひっきりなしに子供に向かって喋っている。「ボビー、こっち来なさい！」

「ママ、見て！」子供はさも嬉しそうに言った。

スタッフはもはや子供がよく見えなかった。それほど速く頭を振っていたのだ。回転木馬から降りたときのようにクラクラして、採光窓もその枠に囲まれた子供の姿も半円を描いて揺れつづけ、初めは片側に大きく傾いたかと思えば、今度は反対側に傾いた。

それにしてもこの子はわからないのか、こんなに激しく頭を振っているのは自由になりたいという意味だってことが？　かりに手首や足首を縛っているロープの意味はわからなくても、そして口に巻かれた包帯みたいなものが何なのかわからなくても、誰かがこんなふうにのたうち回っていたら、解放してくれということだと察しそうなものじゃないか。ああ、この子があと二つ年上だったら、三つ上だったら！　今日び八つの子供なら、きっと理解して、人に知らせるだろう。

「ボビー、来るの、来ないの？　ママ待ってるのよ」

何とかしてこの子の関心を繋ぎとめられたら。あと少しだけ母に逆らってここにとどまるよう仕向けられたら。そうしたらきっと母親は子供を連れ戻しにこっちへ来て、何にそんなに惹かれているのか、苛立ちつつも探ろうと、自分の目でスタッフを見るだろう。

必死の道化ぶりを発揮して、彼は子供に向かって目をぎょろつかせ、ウィンクし、パチクリさせ、寄り目を作った。やっと、とうとう、小鬼のようなニタニタ笑いが子供の顔に浮かんだ。まだ幼くても、身体の欠陥、あるいはそのふりにユーモアを見出す段階に子供は達している。

突然、大人の手がさっと、採光窓の右上から降りてきて、子供の手首をひっ摑み、その腕を持ち上げて視界から連れ去った。「ママ、見て！」子供はもう一度言い、もう片方の手で指さした。「変な人、縛られてる」

大人の理知的、論理的、冷静な声、子供の嘘や奇想を受けつけない声が答える。「あら駄目よ、ママあんたみたいに、人様のおうちの中覗いたりできないわよ」

子供は腕を引っぱり上げられてまっすぐ立たされ、頭が採光窓の上に消えた。体がくるっと回され、スタッフから離れていく。両膝の裏の窪みがあと一瞬だけ見えて、退いていくとともにガラスに浮かぶ輪郭もぼやけていき、なくなった。子供がこすって開けた小さな空間だけが残り、磔《はりつけ》にされたスタッフを嘲笑《あざわら》っている。

生きようという意志は何ものにも征服されない。もはや生きている以上に死んでいるスタッフだったが、それでもなお、じきに絶望の深みから這い上がってきた。這い上がる動きはくり返すごとにのろくなっても、何度砂に埋められても屈しない昆虫のように、とにかく毎回、砂を掘り進んで出てくる。

頭を転がして窓から離れ、やっとふたたび時計と向きあった。子供が視界内にいたあいだは一度も時計を見る余裕がなかった。そしていま、ぞっとしたことに、針は三時三分前を指していた。彼の希望たる、掘り進む昆虫がいま一度消し去られた。砂浜をそぞろ歩く、残酷な暇人《ひまじん》によって踏みつぶされ、もう二度と戻ってこない。

彼はもう感じるということがなくなった。恐怖も希望も、何も感じない。一種麻痺のごときものが根付き、その核に、ほの光る意識のようなものが残っている。それが彼の心だ。爆発で消し去られるのはそれで全部だろう。ノボカイン〔局所麻酔薬〕の助けを借りて歯を抜くようなものだ。もはや彼にあるのは、ただひとつこの、予感する神経だけだった。周りの組織はすべて凍りついている。死が訪れるとわかることは、一定時間続けば、それ自体麻酔になるのだ。

そしていまや、まず彼を救出してから爆発を止めようにも、それだけの時間はあるまい。かりにこの瞬間誰かが、彼の縄を断ち切るべく研ぎ澄ましたナイフを手に階段を駆け降りてきたら、縄を解かれた彼が時計に突進していって流れを逆転させるだけの時間がかろうじてあるだろう。そしていま——いまやもうそれにも手遅れだ。もう死ぬ以外何をするにも手遅れだ。

彼が喉の奥で動物のような音を立てるなか、長針はゆっくり、12の刻み目と溶けあっていった。骨をくわえた犬のように喉が鳴る音、だがその音も猿ぐつわのせいでぐっと抑え込まれている。目の周りの肉を、彼は気遣わしげにすぼめ、細い筋を作った——目を閉じれば、これから起きることの恐ろしい力を遠ざけられる、弱められるとでも思っているみたいに！　彼の奥深くにある何か、それが何なのかいま知るだけの余裕も力も彼にはないその何かが、長い薄暗い廊下を通って破滅の運命から退却しているようだった。自分の中にこんな都合のいい避難経路があるなんて知らなかった。曲がり角などもちゃんとあって、自分と脅威とのあいだに距離を作ってくれている。心とは何と賢い建築家か、そんな逃避口が用意してあるとは何と慈悲深い設計か。そこへ向かって、この何か、彼であって彼でない何かが邁進してゆく、避難所へ、安全へ向かって、待ち受けている明るさ、日光、笑いへ向かって。

文字盤の長針がそこに、まっすぐ垂直にとどまり、相棒と完璧な直角を成し、もはや生においてで残っているのは迅速に過ぎる数秒のみ、それがチクタクと過ぎて終わった。長針はもはやそれほど直立していなかったが、彼はそのことを知らなかった。すでに死の次元に彼は入っていた。長針と12の刻み目とのあいだにふたたび白が現われ、白はいまや長針のうしろにあった。三時一分過ぎ。彼は全身、頭から爪先までぶるぶる震えていた――恐怖ゆえにではなく、笑いゆえに。

湿った血まみれの猿ぐつわを彼らが抜き取ると、震えは音に変わった。吸引というか浸透というか、猿ぐつわのうしろから笑いまで引っぱり出したように思えた。

「いや、まだロープは解くな！」白いコートの男がきつい声で警官を止めた。「拘束衣が来るまで待つんだ。でないとえらい手間だぞ」

両手で耳を押さえながらフランが涙声で言った。「その笑い声、止められませんか？　私、耐えられません。何でこんなふうに笑いつづけるの？」

「発狂したんです、奥さん」インターンが辛抱強く言った。

時計は七時五分過ぎを示していた。「この箱、何が入ってるんです？」警官は面倒臭げに片足で蹴りながら訊いた。箱は壁に沿って軽そうに少し動き、時計も一緒に引っぱっていった。

「何も入ってません」スタップの妻は涙ながらに、彼の止まない笑い声に抗って答えた。「ただの空《から》箱です。何か肥料が入ってたんですけど、外へ持っていって花に使ったんです——私、家の裏で花を育てようとしていまして」

納屋を焼く
Barn Burning
（1939）

ウィリアム・フォークナー
William Faulkner

裁判が開かれている店はチーズの匂いがした。混んだ部屋の奥の釘樽の上に背を丸めて座っている少年にもチーズの匂いとわかったし、それ以外にも、缶詰のがっしりずんぐりした躍動する姿が詰まった棚が何列も並んでいるのが座っているところから見え、それら缶詰のラベルを読んだのは彼の胃であり、刷られた文字は彼の頭にとって何の意味もないからそれを読んだのではなく、紅色の悪魔や魚の銀色の曲線を胃が読んだのであり[1]、かくしてチーズはチーズの匂いだとわかり、密閉された肉の匂いはもうひとつの、つねにある匂いの合い間につかのま間欠的に噴き出てくると彼の腸《はらわた》が信じ、そのつねにある匂いの中に恐れが少ししかないのは大半が絶望と悲哀であるから、昔から続く烈しい血の引力であるからだった。治安判事が座っているテーブルは彼からは見えず、テーブルの前に父親と父親の敵（僕たちの敵、と彼はその絶望の只中で考えた――僕たちの敵！　僕の敵、父さんの敵！　僕の父さん！）が立っているのも見えなかったが、彼らの――つまり彼らのうち二人の――声は聞こえた。父親はまだ一言も喋っていなかったのである。

1　**紅色の悪魔や魚の銀色の曲線**　当時の主要缶詰メーカー、アンダーウッド社の缶詰のロゴ。ハム缶の「紅色の悪魔」ロゴはとりわけ有名。なお、本篇の註釈は、ほぼ全面的に Theresa M. Towner and James B. Carothers, *Reading Faulkner*: Collected Stories (University Press of Mississippi, 2006) に依拠している。

「ですがどんな証拠があるのです、ミスタ・ハリス？」

「言ったでしょう。この人の豚がうちのトウモロコシを食い荒らしたんです。俺は豚を捕まえてこの人のところに送り返しました。この人には豚を囲っておく柵がありませんでした。俺はこの人にそう言って、それじゃ駄目だって言ったんです。次のとき、俺は豚を自分の囲いに入れました。この人が取りに来たんで、囲いを作るのに十分な針金をあげました。その次のときは、豚を自分の囲いに入れてそのままにしときました。馬でこの人の家に行ったら、あげた針金がスプールに巻いたまま庭に転がってました。俺はこの人に、預かり賃一ドルくれれば豚を返すって言ったんです。その晩にニガーが一ドル持ってきて豚を連れていきました。見たことのないニガーでした。『木と干し草は火点《つ》けりゃ燃えるって言ってます』って言うんです。『え、何だって？』って訊いたら、『そう言ってるって言えって言われました』ってニガーの奴が言うんです、『木と干し草は火点けりゃ燃えるって』。その夜、うちの納屋が燃えたんです。牛たちは外に出しましたけど、納屋はなくなりました」

「ニガーはどこです？　捕まえたんですか？」

「見たことないニガーでしたよ、言ったでしょう。どうなったか知りません」

「しかしそれじゃ証拠になりません。わかりませんか、それじゃ証拠にならんって？」

「あの男の子、呼んでくださいよ。あの子が知ってます」。一瞬、兄のことを言っているのかと少年も思ったが、するとハリスが「その子じゃありません。弟の方です。小さい方」と言い、歳の割に小さい体、父親に似て小さくて針金みたいな体を丸めた彼は、さすがに小さすぎるつぎだらけの色褪せたジーンズをはき、まっすぐな茶色い髪には櫛も通しておらず、目は嵐のときの雲みたいに灰色で狂おしく、そんな彼が、自分とテーブルとのあいだにいる男たちが左右に分かれて厳めしい顔の連なる道となるのを見、道の果てに治安判事が見えて、むさくるしくカラーも着けておらず白髪が交じって眼鏡をかけたその男が自分を手招きしていた。裸足の下に何の床も彼は感じず、厳めしい、こっちを向く顔の連なりから伝わってくる重みの下を歩いている気がした。こわばった様子の、裁判のためではなく引越しのために黒い一張羅の上着を着た父親は少年を見さえしなかった。僕に嘘をつけって思ってるんだな、と少年はふたたび狂おしい悲哀と絶望とともに思った。そして僕はそうするしかない。

「君、名前は？」判事が訊いた。

「カーネル・サートリス・スノープス」少年は蚊の鳴くような声で言った。

「え？」判事が言った。「もっと大きい声で話しなさい。カーネル・サートリスだと？　この土地でカーネル・サートリスの名を継ぐ人間となれば、誰だって真実を語らないわけにはいかん、そうだろう？[2]」。少年は何も言わなかった。敵！　敵！　と思った。少しのあいだ彼には、

2　**カーネル・サートリスの名を継ぐ人間となれば……**　フォークナー宇宙にあって、（以下145ページ）

判事の顔が優しげだということさえ見えなかったし、ハリスという名の男に「この子を尋問しろというのかね？」と訊く声が戸惑い気味であることも感じ取れなかった。けれど聞こえはしたし、その後に続いた、静かで張り詰めた呼吸の音以外混みあった狭い部屋でまったく何の音もしなかった長い数秒間、彼はまるで、葡萄《ブドウ》の蔓《つる》の先っぽからブランコのように谷間の向こう側まで飛んでいって、ブランコが最高点に達し重力も催眠術にかけられて瞬間が長びくあいだその瞬間の中に重みもなく囚われたような気分だった。[3]

「いいや！」とハリスは荒々しい激した声で言った。「冗談じゃない！　この子をここから出してやってくれ！」。そして時間が、流動する世界がふたたび彼の下を疾走していき、声たちがふたたび、チーズと封じられた肉の匂いを通って、恐怖と絶望と昔からずっと続く血の悲哀を通って戻ってきた。

「審理を打ち切る。スノープス、君を有罪にすることはできんが、君に忠告することはできる。この土地を出て二度と戻ってくるな」

　少年の父親が初めて口を開き、冷たい、棘々しい、平坦で強調のない声だった。「そのつもりだ。こっちだってお断りだ、こんな……」そうしてこの土地の人々について印刷不可能な、悪意に満ちた言葉を誰にともなく発した。

「もういい」判事は言った。「荷馬車を出して、日暮れ前にこの土地から出ていけ。これにて閉廷」

父親が回れ右し、少年はこわばった黒い上着のあとについて行った。三十年前、盗んだ馬に乗っていて南軍憲兵隊のマスケット銃の弾が当たったせいで少しこわばって歩く針金のような姿について行き、人込みの中から兄が現われたのでいまやついて行くべき背中が二つに増えていて、父親より高くはないが幅はもっとある、つねに煙草を噛んでいるその兄と父親が、厳めしい顔の男たちが作る二つの列のあいだを通っていって、店から外に出て、すり減った外回廊《ギャラリー》を越え、凹んだ階段を下りて、穏やかな五月の埃の中、犬たちや大人になりかけの少年たちのあいだを抜けていくさなか、通り過ぎていく少年の耳許で悪意のこもった声がささやいた——

「放火魔！」

くるっと回ってみたが今回も見えなかった。赤い靄の中にひとつ見えた顔は月のような形で満月よりも大きく、顔の持ち主は少年の一倍半の大きさで、その顔めがけて赤い靄の中に飛び込んでいった彼は何ら殴打を感じず、頭が地面を打ったときもショックは感じず、よたよた立

（143ページから）「スノープス」は成り上がり的俗物の多い一族だが、「サートリス」は名誉を重んじた旧家というイメージ。この少年はスノープス一族に属すが、南北戦争の英雄の一人カーネル・ジョン・サートリス（ジョン・サートリス大佐）にちなんだ名を与えられている。

3　**葡萄の蔓の先っぽからブランコのように……**　当時南部の田舎では事実、野生の蔓を使って間に合わせのブランコを作ることが多かった。

ち上がってふたたび飛び込み、今回も何ら殴打を感じず血の味もせず、よたよた立ち上がると相手の少年は一目散に逃げていく最中で、自分もすでに飛び上がって追いかけようとしていたがその矢先父親の手にぐいっと引き戻され、棘々しい冷たい声に上から「荷馬車を取ってこい」と言われた。

荷馬車は道路の向こうの、ニセアカシアとクワの木立に駐めてあった。よそ行きを着た大柄の姉二人と、更紗《さらさ》の服に日よけ帽という格好の母と母の妹とがすでに乗っていて、十数回に及ぶ、末っ子である少年も覚えている引越しの惨めな残余に埋もれて座っていた。ボロボロのストーブ。壊れたベッドや椅子。真珠を塡《は》め込んだ、もはや動かない、死んで忘れられた日の二時十四分過ぎで止まっている時計（それは母の嫁入り道具だった）。母は泣いていたが、少年を見ると袖で顔を拭い、荷馬車から降りかけた。「戻れ」と父親が言った。

「怪我してるのよ。水持ってきて傷を……」

「荷馬車に戻れ」と父親が言った。少年も尾板の方から乗り込んだ。父は兄がすでに座っている御者席によじのぼり、痩せこけたラバたちを、皮を剝いだ柳の枝で残忍に、しかし熱もなく二度打った。残酷さを楽しんですらおらず、後年これとまったく同じように彼の子孫たちも、自動車を始動させる際エンジンを過剰に回転させる――同じひとつの動作の中で回し、引き戻す――ことになる。荷馬車は先へ進み、厳めしく見守る男たちが静かに集う店がうしろに退《ひ》いていった。道が曲がって店が隠れた。永久にと彼は思った。もしかしたら父さんも満足したんじゃないか、こうやってもう……彼はそこで自分を止め、胸の内でさえ言葉にしなかった。母の手が少年の肩に触れた。

「痛いかい？」母が言った。

「ううん。痛くない。放っといてよ」

「乾く前にその血、少し拭けないかい？」

「今夜洗うよ。ねえ、放っといてよ」

荷馬車は先へ進んだ。どこへ行くのか彼は知らなかった。誰も知らないし訊きもしない。どのみちいつだってどこかへ行くのであって、いつだって一日か二日後、時には三日後に一応家のようなところが待っているのだ。たぶん父はすでにまたどこかの農場で収穫を上げる取決めだけして、それもきっと……ふたたび少年は自分を止めた。父はいつだってそうするのだ。あの狼のような独立心には、勇気とさえ言える父の態度には、見込みが少なくとも五分五分のときは、何かしら他人に感銘を与えるところがあって、その表に出ない貪欲な獰猛さから、この男は頼れる気がするというよりも、自分の行動の正しさをここまで獰猛に確信するからにはこの男の側についた人間みんなが得するんじゃないかと誰もが思わされるのだった。

その夜彼らは泉の流れるナラとブナの木立で野宿した。夜はまだ肌寒いので焚き火を、そばの柵から拝借した手すりを切り分けた薪で小さな焚き火をした。小綺麗な、ほとんどケチ臭いと言っていい、入念な焚き火がずっと父の習慣であり、凍てつく寒さのときもそれは変わらなかった。もしもっと歳が上だったら少年もそのことに注目し、どうして大きな焚き火にしないんだろう、父さんは戦争の荒廃と無駄を見てきたんだし、そもそも自分のでないものに対して貪欲な浪費癖が染みついてるのに、どうして目につくものすべてを燃やしてしまわないんだろう、と考えたかもしれない。そうしてさらに一歩思いを進めて、こういう理由だと考えたかもしれない――あのケチンボの炎は四年間ずっと馬たち（捕虜にした馬たち、と父は言った）を引き連れて青い連中灰色の連中の両方〔青は北軍、灰色は南軍〕から隠れつづけて過ごした夜から生まれた結果なのだ、と。そしてもっと上だったら、本当の理由に勘づいたかもしれない。すなわち、ほかの人間たちにとっては鋼鉄や火薬がそうであるように、炎とは父という存在の奥深くにある何か大きな力に語りかけるものであり、それがなければ息をすることさえ無意味になるような、高潔さを保つための唯一無二の武器として、敬意をもって見られるべき、少しずつ慎重に使われるべきものだったのである。

　だがいま彼はそんなことを考えはせず、これと同じケチンボの炎を物心ついてからずっと見てきたのだった。何も思わず炎のかたわらで夕食を食べ、鉄の皿を下に置いて半分眠りかけたところで父親に呼ばれ、ふたたびこわばった背中のあと、片足を引きずるこわばった非情な歩みのあとについて斜面をのぼり、星に照らされた道路に出て、横を向くと星空を背に父が見えたが顔は見えず奥行きもなく、その黒い、平たい、血のない姿は、自分のために仕立てられたのではないフロックコートの鉄の襞《ひだ》のブリキから切り取られたかのように見え、声もブリキのように棘々しく、ブリキのように熱がなかった。

「お前、言うつもりだったんだろう。あいつらに言う気だったんだろう」。彼は答えなかった。父は平手で彼の側頭部を強く、だが熱なしに叩いた。店でラバ二頭を叩いたときとまったく同じように、ラバのどちらかにとまった虻《アブ》を棒で叩いて殺すのとまったく同じように、その声には依然熱も怒りもなかった。「お前は大人になりかけている。お前は学ばなくちゃいけない。自分の血縁に味方しなくちゃいけない、さもないと血縁はお前に味方してくれない。あの二人のどちらか、今朝あそこにいた誰か、味方してくれると思うか？　お前にはわからないのか、あいつらは俺に負かされたとわかったから、何とか仕返ししようとしてたんだ。わからんのか、え？」。のち、二十年のちに、彼は胸の内で言うことになる――「あの人たちは単に真実を、正義を求めていただけだよと言っていたら、もう一度殴られただろうな」。だがいま彼は何も言わなかった。泣いてもいなかった。ただそこに立っていた。「何とか言え」と父は言った。

「わかる」と彼は小声で言った。父は回れ右した。

「もう寝ろ。明日着くから」

翌日、着いた。午後早くに荷馬車が、少年の十年の人生だけでもこれまで十数軒の家の前で停まってきたわけだがそれらの家とほぼまったく同じ、ペンキも塗っていない、二部屋から成る家の前で停まった。そしてふたたび、これまでの十数回と同じように少年の母と叔母が荷馬車から降りて荷物を下ろしはじめたが姉二人と父と兄は動かなかった。

「これって豚も住まないとこじゃないかしら」姉の一人が言った。

「豚は住まんでも人は住むんだ」と父が言った。「椅子を下ろせ、母さんを手伝うんだ」

姉二人が降りた。二人とも大柄で、牛を思わせ、安物のリボンをひらひらはためかせている。乱雑に散らかった荷台から一人がボロボロのカンテラを出し、もう一人はくたびれた箒を出した。父は手綱を兄に渡して、こわばった動きで車輪の上から降りていった。「荷を下ろしたら、ラバたちを納屋に連れていって餌をやれ」。それからもう一言言い、まだ兄に言っているのだと彼ははじめ思った。「ついて来い」

「僕？」彼は言った。

「そうだ。お前だ」

「アブナー」母が言った。父は止まってうしろを見た。もじゃもじゃで白髪の交じった短気そうな眉の下の、まっすぐ見据える棘々しい凝視。

「明日から今後八か月、俺の身も心も所有する気でいる男と一言話してくる」

二人は道路をふたたび進んでいった。一週間前だったら——つまり、昨夜の前だったら——どこへ行くの、と彼は訊いただろうが、いまは訊かなかった。昨夜よりも前に父に殴られたことはあったが、殴られたあとにわざわざ理由を説明されたのは初めてだった。あたかも殴打と、その後に続いた落着いた非道な声とがいまだ鳴り響いているかのようで、しかしそれが何を証してくれるでもなく、幼いということの恐ろしい不利、年端《としは》が行かぬことの軽さを思い知らされるばかりで、これだけ軽ければいまあるこの世界から自由に飛び去れてもよさそうだがそれにはほんの少し重すぎ、その一方で、世界にしっかり足を下ろすにはまだ重さが足りず、世界に抗って出来事の流れを変えられる望みもないのだった。

まもなくナラとスギの木立が見え、その他さまざまな花を咲かせている木々や藪が見え、家はこのあたりのはずだったがまだ見えなかった。スイカズラとナニワイバラが絡まった柵に沿って歩き、煉瓦の柱二本にはさまれた門の前に出て、押して開け、ゆるやかに曲がった馬車寄せの道の向こうに初めて家が見え、その瞬間彼は父を忘れ恐怖も絶望も忘れて、父をふたたび思い出したときも（父はまだ止まっていなかった）恐怖と絶望は戻ってこなかった。十二回引越したとはいえ、これまではずっと貧しい地域に、小さな農場と畑と家しかない土地にいたので、こんな家を見るのは初めてだった。郡庁舎みたいに大きいと彼は静かに考え、安らぎと喜びが波のように湧き上がってきたがその理由は言葉にしようとしてもできなかっただろう。それにはまだ幼すぎた。この人たちなら大丈夫だ。これほどの安らぎと威厳に包まれて暮らしている人たちなら父さんの手も届かないだろう、この人たちからすれば父さんはブンブン鳴る蜂でしかないだろう、刺されればちょっとのあいだ痛いけれどそれだけだろう、この安らぎと威厳の力で納屋も厩《うまや》も小屋も、父さんが仕組むちっぽけな炎なんか物ともしないにちがいない……これが、この安らぎと喜びが、こわばった黒い背中がふたたび見えるとともに一瞬萎《な》え、そのこわばった、頑《かたく》なな、足を引きずる姿はこの家を前にしても取り立てて小さく見えてしまうこともなく（そもそもどこでも大きく見えたことなどないのだ）、いま円柱の並ぶ静謐な背景の前に立っても、いつにも増して、ブリキから非情に切り取ったような何ものも通さぬ不透明さがあって、太陽の横にいるので影が生じないかのようにそこには深さというものがないのだった。父を見ていて、その進路がまったくぶれないことを少年は目にとめ、馬車寄せの道の、馬がさっきまで立っていて糞を落としたばかりのその山にこわばった片足がまっすぐ（よけようと思えば単に歩幅を変えればよけられるのに）下りていくのを見てとった。けれど安らぎと喜びが萎えたのもほんの一瞬のことで、これについてもやはり彼は考えて言葉にすることはできなかっただろう。家に魅了されて彼は歩きつづけ、その家を欲しても妬みの念は抱かず、悲しみの念も抱かず、ましてや狂暴にして妬みに満ちた憤怒など抱くはずもなかった（まさにそんな憤怒がいま彼の目の前を、鉄のごとき黒い上着に包まれ、彼に知られることもなく歩いていた）。これならもしかして父さんも感じるんじゃないか。これがもしかして父さんを変えてくれて、やらずにいられないことをやらなくても済むようになるんじゃないか。

二人は玄関柱廊を越えていった。父親のこわばった片足が時計のようにきっぱりと床板の上に下りるのが聞こえる。足が運ぶ体の移動量に較べてどう考えても大きすぎるその音は、前にある白い玄関扉によっても矮小化されない、あたかも何ものによっても矮小化されない一種最低限の悪意と凶暴さを帯びているように思えた。平べったく広い黒い帽子、かつては黒かったがいまや擦れによる光沢が生じ老いたイエバエの体と同じ緑っぽい色合いになっているラシャの格式張った上着、持ち上がった太すぎる袖、丸まった鉤爪のように持ち上がった片手。扉がすぐさま開いたのでニグロがずっと自分たちを見ていたにちがいないと少年は悟った。小綺麗な灰色の髪の、リンネルの上着を着た老人が体を張って玄関口を遮り、「入る前に足を拭け、白人。だいいち少佐はお留守だぞ」と言った。

「邪魔するな、どけ、ニガー」と父親はやはり熱なしに言って扉を乱暴に押しニグロも押して、帽子をかぶったまま中に入った。そしていま少年は扉の敷居にこわばった足の跡が付いているのを見、跡がさらに、体が包含している重さの倍を担っている（あるいは伝達している）ように見える足の、機械のごとく制御された動きのあとから、淡い色の敷物の上に現われるのを見た。二人のどこか背後でニグロが「ミス・ルーラ！[4] ミス・ルーラ！」と叫んでいて、それから少年は、あたかも温かい波をもろに浴びるかのように、絨毯を敷いた階段の快い曲線、シャンデリアから垂れ下がるきらめき、金の額縁の物言わぬ輝きに圧倒されながらその速い足取りを聞き、彼女を見もした――貴婦人というものを見るのはおそらくこれが初めてで、首まわりにレースの付いた灰色の滑らかなガウンを彼女は着ていて、腰にエプロンを着け、袖まくりして玄関広間を歩いてきながらタオルで両手からケーキだかパンだかの生地を拭き取り、父親の

4　**ミス・ルーラ**　召使いが使う敬称としては、「ミス」は独身女性に限定されない。

ことはまったく見ずに、薄い金色の敷物の上の足跡を愕然とした表情で見ていた。

「私、言ったんです」とニグロは言った。「入る前に足を……」

「出ていってくれますか？」と彼女は震える声で言った。「ド・スペイン少佐は留守です。出ていってくれますか？」

父親はさっき以来喋っていなかった。いまも喋らなかった。彼女を見さえしなかった。帽子もかぶったまま、敷物の真ん中にただこわばって立ち、もじゃもじゃの鉄灰色の眉毛が、屋敷の中をつかのまじっくり吟味しているように見える瑪瑙《めのう》色の目の上でわずかに震えているようだった。やがて父はさっきと同じく制御された動きで回れ右し、不自由でない方の足を軸にして父が回転するのを少年は見守り、回転が作る弧の外側に沿ってこわばった足を父が引きずって動かし、最後の長い、だんだん薄くなっていく汚れを残すのを見た。父自身はそれに目もくれず、敷物を一度も見下ろさなかった。ニグロがドアを押さえていた。二人が外に出るとドアは閉じられ、ヒステリックな、何と言っているかわからない女の泣き叫ぶ声も聞こえなくなった。父は地面に下りる階段の前で立ち止まり、縁にブーツをこすりつけて綺麗に拭いた。門まで来てふたたび止まった。しばしそこに、こわばった足をこわばった動きで据えて立ち、屋敷の方をふり返った。「白くて綺麗じゃないか」と父は言った。「あれは汗だ。ニガーの汗だ。これでもまだあの男には白さが足りないのかな。白い汗を混ぜたいのかな」

二時間後、少年が家の裏手で薪を割っていて、家の中では母と叔母と二人の姉が（母と叔母はそうだが姉二人は違うとわかった——これだけ離れていて、壁で音がこもっても、二人の娘ののっぺりした大声は度しがたい怠惰を発散させている）食事を作るためにストーブを据えているとき、ひづめの音が聞こえて、立派な栗色の雌馬に乗ったリンネルを着た男が見え、少年は太った鹿毛《かげ》の馬車馬に乗ってついて来たニグロの若者の前にある巻かれた敷物を見るより前に男が誰だかを認識した。興奮して怒った顔が、全速力で走ったまま、家を回り込んだ向こう、父と兄がうしろに倒した椅子二脚に座っている方に消えていったが、またすぐに、彼が斧を下ろす間もなくふたたびひづめの音が聞こえ、すでに早駆けに戻った栗毛の雌馬が庭から出ていくのを彼は見た。やがて父親が一方の姉の名を叫ぶと、その姉がじきに台所の扉から、巻かれた敷物の端を掴んでずるずる引きずりながら出てきて、もう一方の姉がそのうしろを歩いていた。

「運ぶの手伝わないんだったら、洗い釜用意してよね」と一人目が言った。

「ちょっと、サーティ〔「サートリス」の愛称〕！」二人目が叫んだ。「釜、用意して！」。父親が戸口に現われ、みすぼらしいドア枠を背にして立った。あの穏やかな完璧さを背にして立ったときと同じで、何ものにも動じることなく立ち、その肩口に母親の心配そうな顔が見えた。

「さあ、持ち上げろ」と父親が言った。姉妹は横に広い体でやる気なく屈み込み、屈んだ二つの姿は、淡い色の布の信じがたい広がりと、けばけばしいリボンのはためきをさらしていた。

「わざわざフランスから取り寄せるんならさ、あたしだったら入ってきた人たちが通らなきゃならないとこに敷いたりしないわね」と一人目が言った。二人は敷物を持ち上げた。

「アブナー」母親が言った。「あたしにやらせて」

「お前は戻って夕食を作れ」父親が言った。「ここは俺がやる」

午後の残りずっと、薪の山から少年が眺めるなか、ぐつぐつ泡の立つ洗い釜のかたわらの地面に敷物が平たく広げられ、姉二人が底なしのやる気なさでしぶしぶその上に屈み込み、父は二人を交互に見下ろすように立ち、容赦なく厳めしく二人を駆り立てたが声は決して荒げなかった。自家製の灰汁《あく》の棘々しい臭いが少年の鼻にも届いた。母親が一度戸口に出てきてもはや心配顔ではなく絶望にごく近い表情で彼らの方を見た。父親がこっちを向くのを見て彼は斧をふるいはじめ、父親が地面から平べったい石のかけらを持ち上げてじっくり眺めてから釜に戻っていくのを目の端で見、今回は母親が口を開いた。「アブナー。アブナー。やめてちょうだい。お願い、アブナー」

そして彼も仕事を終えた。黄昏どきで、ヨタカがすでに歌いはじめていた。じきに午後半ばの食事の冷えた残りを食べるはずの部屋からコーヒーの匂いが漂ってきたが、家に入ってみるとどうやらまたコーヒーを飲むのは暖炉で火を焚いているからで、その前に敷物が広げられ椅子二脚の背に掛けられていた。父親の足の跡はなくなっていた。跡があったところにはいまや細長い、水雲《みずぐも》のような、小人国の芝刈り機の定まらぬ進路にも似た擦り傷があった。

冷たい食事を終えて寝床に就いたときも敷物はそこに掛かっていた。命令されたりも主張したりもせず二つの部屋に彼らは散らばり、母親が一つのベッドを使い父親もあとでそこに加わるはずで、もう一つを兄が使い、少年、叔母、姉二人は床に敷いた藁蒲団で寝た。だが父親はまだベッドに入っていなかった。少年が最後に覚えていたのは帽子と上着が敷物の上に屈み込む深さのない棘々しいシルエットであり、それからまだ目も閉じないうちにシルエットが彼を見下ろすように立っているように思え、背後の火はほとんど消えて、こわばった足が彼を突ついて起こしていた。「ラバを用意しろ」と父親は言った。

彼がラバを連れて戻ってくると父親は黒い戸口に、巻いた敷物を肩にしょって立っていた。

「乗らないの?」と彼は訊いた。

「いいや。お前の足を出せ」

膝を曲げて父の手に預けると、針金のような、驚くほど強い力が滑らかに流れ出てぐんぐん上昇していき、少年も共に上昇してラバのむき出しの背中に乗り(かつては鞍があったことを彼も覚えていたがいつどこで持っていたかは思い出せなかった)、父親はやはり難なく敷物をひょいと持ち上げ彼の前に載せた。かくして星空の下、昼に行った道をたどり直し、スイカズラが咲き乱れる埃っぽい道を進んでいって、門を抜け、黒いトンネルのような馬車寄せを通って明かりの灯っていない屋敷に着くと、少年はラバの上でよじれた敷物が太腿をザラッとこすって消えるのを感じた。

「僕、手伝わなくていいの?」と彼はささやいた。父親は答えず、こわばった足が虚ろな玄関柱廊の床板を打つ音が時計仕掛けのようにきっちり響き、足が運んでいる重さを法外なほど過剰に伝える音がふたたび聞こえた。敷物は父親の肩から投げ出されるのではなく突き出され（闇の中でも少年にはわかった）、それが壁と床の接線を打って信じがたく大きい雷鳴のごとき音が立ち、やがてまた足が、急がず途方もない音を立て、それから屋敷に明かりがひとつ灯って、少年は座ったまま気を張り、規則正しく、静かに、ほんの少し速く呼吸したが、足はその拍数をいっこうに増やすことなくいまや玄関前の階段を下りてきて、父親の姿が見えた。

「乗らなくていいの？」と少年はささやいた。「二人とも乗れるよ」。屋敷の中の光が変わり、パッと燃え上がったかと思うとまた沈んでいった。あの男が階段を下りてくるんだと少年は思った。ラバはすでに馬乗り台のかたわらまで寄せてあり、まもなく父親がすぐうしろまで来て、少年は手綱を二つに折ってラバの首を鞭打ったが、ラバが早足で走り出す間もなく硬い、細い腕が彼を包み、硬い、節くれだった手がラバをぐいっと引いて歩きに戻した。

出たばかりの赤い陽ざしを浴びながら二人は自分たちの敷地にいて、ラバに耕作具をつけていた。今回、栗毛の雌馬は彼がその音を聞く間もなくすでに敷地内に入っていて、カラーも着けず帽子さえかぶっていない乗り手は体をぶるぶる震わせ、屋敷の中にいた女の人同様に震える声で話し、父親は単に一度顔を上げただけでまた身を屈めて軛《くびき》をつける作業に戻ったので、雌馬に乗った男は父親の屈んだ背中に向かって喋ることになった。

「あの敷物を駄目にしたってことをあんたにわかってもらわんといかん。ここに誰かいなかったのか、女衆《おんなしゅう》の中で誰か……」男の声が止み、体は震えていて、少年は男をじっと見て、兄は厩の扉に寄りかかってもぐもぐ何か嚙み、目を緩慢に規則正しくしばたたかせながらどうやら何も見ていないようだった。「あの敷物は百ドルしたんだ。でもあんたには百ドルなんてあったためしはない。これからだってないだろうよ。だから、収穫時に二十ブッシェルのトウモロコシを要求する〔一ブッシェルは約三十五リットル〕。契約書に書き加えておくから、今度売店に来るときに署名するといい。それでも妻が黙りはしないだろうが、まああんたもこれで、今度妻が手をかけた家に入ってくるときは靴の汚れを拭くだろうよ」

そうして男は帰っていった。少年は父親を見た。父はいまだ喋っておらず顔を上げもせず、軛のU字型フックを調整していた。

「父さん」。父親が彼を見た。何を考えているのか読めない顔、もじゃもじゃの眉毛とその下で冷たく光る灰色の目。突然、少年は父親の方に寄っていった。急いで駆けていき、ぴたっと止まった。「父さんは精一杯やったんだ！」と彼は叫んだ。「もっと違うやり方でやってほしいんなら、ちゃんとそう言えばよかったんだ！　二十ブッシェルなんてやるもんか！　一ブッシェルだって！　収穫して、隠せばいい！　僕、見張りする……」

「犂《すき》の刃、言ったとおり犂に戻したか？」

「まだです」彼は言った。

「じゃ戻してこい」

これが水曜日だった。その週の残り、少年は仕事に励み、急き立てられたり二度言われたりする必要もなくこつこつ働き、自分にできることをやり、それ以上をやった。こういうところは母親譲りだったが、母とは違い、やることのうちいくつかは好きでもあった。たとえば、薪を割ること。母親と叔母とが働いて手に入れたか、どうやってだか買う金を貯めたかしてクリスマスにプレゼントしてくれたハーフサイズの斧で割るのだ。この年長の女性二人と一緒に（そしてある午後には姉の一方も加わって）、父が地主と交わした契約の一環として与えられた仔豚と牛を入れる囲いも作った。そしてある午後、父がラバに乗って留守にした日、彼は畑に行った。

兄と二人で畝《うね》立て機を動かした。兄が犂をまっすぐに押さえ彼は手綱を操り、懸命に働くラバの横を歩いていると豊かな黒い土がむき出しの足首にひんやり湿っぽく、これで終わりかもしれないと彼は思った。たかが敷物一枚に二十ブッシェルなんて厳しすぎる気もするけどこれでもうきっぱり永久にいままでずっとやってたことをやめられるんだったらそれも安いものかもしれないと思い、夢見ていると、おい、ちゃんとラバのこと見てろ、と兄に叱られ、ひょっとしたらすべてが合わさって帳消しになるかも――トウモロコシと敷物と火事、怖さと哀しさ、二組の馬たちに引っぱられるみたいに両方に引っぱられて――未来永劫なくなるかもと思った。

やがて土曜日になって、ラバに農具をつけようとしていてふとラバの下から顔を上げると黒い上着を着て帽子をかぶった父親がそこにいた。「それじゃない、荷馬車の道具だ」と父親は言った。二時間後、父親と兄が座っている御者席のうしろの荷台に彼は座り、荷馬車が最後のカーブを曲がり終えると、煙草や特許薬のずたずたのポスターが貼られた、雨風にさらされペンキも塗っていない店が見え、外回廊の下には綱でつないだ荷馬車や鞍を付けた動物が並んでいた。父親と兄のうしろについてすり減った階段をのぼっていくと、そこにはふたたび、静かな、じっと見守る顔が道のように並び、三人はそのあいだを通っていかねばならなかった。板を渡したテーブルの向こうに眼鏡の男が座っているのが見えて、これが治安判事であることは言われずともわかり、少年は烈しい、高揚した、血縁を想う挑むようなまなざしを、生まれてこのかた二度（それも早駆けの馬に乗ったところを）見ただけの、カラーを着けネクタイを着けた男に投げつけたが、今日の男は顔に怒りの表情ではなく驚愕の表情を浮かべていて、その驚愕が自分の小作人から訴えられたというまさかの状況ゆえであることは少年には知りようもなく、少年は父親の許に寄っていき、治安判事に向かって叫んだ――「父さんはやってません！　燃やしたりして……」

「荷馬車に戻れ」父親が言った。

「燃やした？」治安判事が言った。「この敷物、燃やされもしたということかね？」

「誰かがそんなこと言ってる？」父親が言った。「荷馬車に戻れ」。だが彼は戻らず、このあいだに劣らず混んでいる部屋の後方に退いただけで、今回は座らずに、ぴくりとも動かないいくつもの体に挟まれて立ち、声たちを聞いた――

「では君は、トウモロコシ二十ブッシェルは自分が敷物に為した害に対して高すぎると主張するのかね？」

「敷物をうちへ持ってきて、洗って筋を消せと言ったんだ。それで俺は洗って筋を消して返しに行った」

「だが君は筋を付ける前と同じ状態で敷物を返したわけではない」

父親は答えなかった。三十秒くらいずっと、呼吸する音と、一心不乱に聞き入る営みの生むかすかな、規則正しいため息以外は何の音もしなかった。

「答えないかね、ミスタ・スノープス？」。父親はふたたび答えなかった。「私は君を罰する所存だ、ミスタ・スノープス。ド・スペイン少佐の敷物に対して為された害の責任が君にはあり、君はその弁償をする義務があると裁く所存だ。とはいえ、トウモロコシ二十ブッシェルというのは、君のような境遇の人間が払わされる額としては若干高すぎるとも思える。敷物は百ドルしたとド・スペイン少佐は主張している。十月のトウモロコシは一ブッシェルおよそ五十セントの価値がある。現金で買った品に関しド・スペイン少佐が九十五ドルの損失に耐えてくれるなら、君もまだ稼いでいない収穫に関し五ドルの損失に耐えてしかるべきだ。よって、ド・スペイン少佐に対し君はトウモロコシ十ブッシェル分の損害を与えたものと当裁判所は判断し、少佐との契約によって負う責務とは別個に、収穫時に君の収穫から返済するものとする。閉廷」

ほとんど時間はかからなかった。朝はまだ半分始まったにすぎない。家へ帰ってたぶん畑に戻るのだろう、と彼は考えた。ほかの農家よりずっと仕事が遅れているのだ。だが父親は荷馬車のうしろを通り過ぎ、荷馬車を引いてついて来い、と片手で兄に合図しただけで、道を渡って向かいの鍛冶屋に行ったので、少年は父を追って走り、父に追いつき、口を開いて、傷んだ帽子の下の棘々しい、落着いた顔に向かってささやいた――「十ブッシェルだってやらないよね。一ブッシェルだって。あんな……」と、父親は一瞬彼を見下ろし、完璧に落着いた顔で、白髪の交じった眉毛が冷たい両目の上で絡まり、声はほとんど愛想好く、ほとんど優しかった――

「そう思うか？　まあ十月になればわかるさ」

荷馬車の修理も、スポークを一、二本調整し、輪金《わがね》を締め直すだけで長くはかからなかった。輪金の方は、店のうしろの泉の支流に荷馬車を入れてしばらくそのままにしておくことで木を膨らませ、その間ラバたちは時おり水の中に鼻を突っ込み、たるんだ綱を手に御者席に座った少年が斜面に目を向け、ハンマーがのろのろ音を立てている小屋の作る煤《すす》けたトンネルの向こうを見ると、父親がイトスギの丸太を立てた上にゆったり座って喋るか聞くかしていた。支流から出したぽたぽた水の垂れる荷馬車を少年が運んできて、扉の前で停めたときも父はまだ座っていた。

「ラバたちを日陰に連れていってつなげ」と父親は言った。言われたとおりにし、戻ってきた。

父親と鍛冶屋と、もう一人扉の中でしゃがみ込んでいる男とが喋っていて、収穫や家畜の話をしていた。馬尿の匂いがする土とひづめの削りかすと錆の薄片の中に少年もうずくまり、父が長い話を悠然と語るのを聞いた。兄もまだ生まれていない、父が馬の売買人だったころの話だった。やがて父親が、少年のかたわらにやって来た。店の向こう側に貼られた、びりびりに破れた去年のサーカスのポスターの前に少年は立っていて、緋色の馬たち、チュールやタイツの作る信じがたい姿勢や込み入ったひねり、ドーランを塗りたくった道化役者たちの淫らな目付きにひっそり見入っていた彼に、「食べる時間だ」と父親は言った。

だが家で食べるのではなかった。兄と並んで表の塀に寄りかかってしゃがみ込んでいると、父親が店から出てきて紙袋からチーズのかけらを取り出しポケットナイフを使っておそろしく丁寧に三つに切り分け、同じ袋からクラッカーも出した。三人ともベランダにしゃがみ込んで何も言わずにゆっくり食べ、それからまた店の中に入って、ブリキの柄杓《ひしゃく》を使い、スギの桶と生きたブナの木の匂いがする生ぬるい水を飲んだ。それでもまだ家には帰らない。今度は馬の交易場だった。高い柵に囲まれ、柵の上や柵沿いに男たちが座ったり立ったりしていて、馬が一頭ずつ柵から外に出されては道路を歩かされ、早足で走らされ、ゆっくり走らされて何度も行ったり来たりし、その間ゆるゆると交換や売買が進み、陽が西に傾き始めるなか三人は見守り、耳を傾け、兄はいつものように濁った目で一時《いっとき》も休まず煙草を嚙み、父親は時おり誰にともなく動物に関し寸評を述べた。

家に帰ったのは日が暮れたあとだった。ランプの明かりで夕食を取り、それから少年が戸口に座って夜がすっかり暮れていくのを眺め、ヨタカと蛙の声を聞いていると、母の声が「アブナー！　やめて！　やめて！　ああ、どうしよう。どうしよう。アブナー！」と叫ぶのが聞こえたので立ち上がって向き直ると家の中の明かりが変わっていて、テーブルの上に置いた瓶の首に短い蠟燭が挿《さ》されて燃え、父親はまだ帽子も上着も脱がぬまま、改まっているようにも道化じみているようにも見える、何か浅ましい儀礼的な暴力のためにきちんと着込んだかのような姿で、五ガロンの灯油缶からランプの油壺に入れた油をふたたび灯油缶に戻している最中で、母親は父の腕を引っぱっていたが、やがて父親はランプをもう一方の手に持ち換え、母を投げ飛ばした――野蛮にではなく、悪意を込めてでもなく、ただ単に思いきり壁に叩きつけ、母親は倒れまいと両手を壁に投げ出し、口は開いていて、顔にはさっき声に聞き取れたのと同じ望みなき絶望が浮かんでいた。と、彼が戸口に立っていることに父親が目をとめた。

「納屋に行って、荷馬車に油を差すのに使った缶を持ってこい」。少年は動かなかった。それからやっと声が出せた。

「それって……」彼は叫んだ。「それってどうする……」

「あの油を持ってくるんだ。さあ」

そうして彼は動いていた、走っていた、家の外を、納屋に向かって、それは前からの習慣であり、自分で選ぶのを許されたのではない古い血であり、否応なく与えられた、彼まで降りてくる前にもう長いあいだ流れつづけてきた（いったいどこを流れ、いかなる非道と野蛮と強欲を糧にしてきたことか）血である。このまま走りつづけてもいいんだと彼は思った。このままずっと走りつづけて、二度とふり返らない、もう二度と父さんの顔を見なくていい。でもできない。できない、そして片手に錆びた缶を持ち、液体がぴちゃぴちゃ音を立てるなか家まで駆け戻り家の中に駆け込み隣の部屋で母親がしくしく泣く音の中へ飛び込んでいき、缶を父親に渡した。

「ニガーを送りもしないの？」彼は叫んだ。「前はニガーを送りはしたのに！」

今回、父親は彼を殴らなかった。手は殴打のとき以上に速く動き、たったいまほとんど耐えがたいほどの入念さで缶をテーブルに置いたその手が缶からさっと離れて目にも止まらぬ速さで彼の方に来てシャツの背中を摑み、体が爪先立ちになったところでやっと彼は父の手が缶を離れたことに気づき、その父の顔が息もつかぬ凍りついた獰猛さで彼の目の前に屈み込み、冷たい、死んだ声が彼を越えてその向こうの、テーブルに寄りかかり口を牛のようにもぐもぐ規則正しく奇妙に横に動かしている兄に言った――

「この缶の中身を大きい缶に空けて先に行け。あとで追いつくから」

「そいつ、ベッドの柱に縛りつけた方がいいよ」と兄が言った。

「言われたとおりにしろ」と父親が言った。それから少年は動いていた、シャツを摑まれ、硬い骨ばった手が両の肩甲骨のあいだに置かれ、爪先は床にかろうじて触れる程度で、部屋を横切り隣の部屋に入って、冷めた暖炉の前に置いた椅子二脚に重たい太腿を拡げて座っている姉二人の前を過ぎ、母親と叔母がベッドの上に並んで座り叔母の両腕が母の肩に回されているところまで行った。

「この子を押さえてろ」父親が言った。叔母はハッとして動き出した。「あんたじゃない」父は言った。「レニー。この子を押さえてろ。やってみせろ」。母親は少年の手首を摑んだ。「もっとちゃんと押さえろ。わからんのか、こいつを放したら何をしでかすか？　あっちへ行くだろうよ」。父親は首をぐいっと曲げて道路の方を指した。「縛りつけた方がいいかな」

「私が押さえます」母親が小声で言った。

「じゃ、ちゃんとやれよ」。そうして父親は出ていき、こわばった足が床板を重く、規則正しく打ち、やがて止んだ。

それから彼は暴れ出した。母親が両腕で押さえつけ、彼は体をひねり、ねじって抗った。結局は自分の方が強いことはわかっていた。だがじっくり待つ時間はない。「放して！」彼は叫んだ。「母さんを殴りたくない！」

「放してやって！」叔母が叫んだ。「この子が行かないんなら、神に誓って、あたしが行く！」

「わからないの、放せるわけないって？」母親が叫んだ。「サーティ！　サーティ！　駄目！　駄目！　助けて、リジー！」

そうして彼は自由になった。叔母が摑みかかってきたが間に合わなかった。ぐるっと身を翻し、駆け出した。母親がうしろでよたよた膝をついて起き上がり、近い方の姉に「捕まえて、ネット！　捕まえて！」と叫んだ。だがそれも間に合わず、もう一人の姉（二人は双子で、同時に生まれたのだったが、いまや一人だけでも、家族のほかいずれの二人を足したより多くの生きた肉と体積と体重を包含している印象を与えた）はまだ椅子から立ち上がってもおらず頭が、顔が回っただけで、そのつかのま、いかなる驚きにも惑わされない、牛のごとく鈍い関心を表わしているのみの、唖然とさせられるほど広い若い女の顔が彼の前に迫ってきた。そうして彼は部屋から出て、家から出て、星に照らされた道路の穏やかな埃とずっしりはびこるスイカズラとの只中を走っていて、走っている足の下で淡い色のリボンが恐ろしく緩慢にほどけていくなか、[5] ようやく門にたどり着いて中に入り、なおも走って、心臓も肺も激しく打ち、馬車寄せを上がっていって明かりの灯った屋敷の方、明かりの灯った玄関の方に進んでいった。ノックもせずに飛び込んで、息も切れぎれにすすり泣き、つかのま喋ることもできずにいると、いつ現われたのか、リンネルの上着を着たニグロの愕然とした顔が見えた。

「ド・スペイン！」少年は喘ぎながら叫んだ。「ド・スペインはどこに……」と、白人の男も白い扉から出てきて玄関広間をやって来た。「納屋！」彼は叫んだ。「納屋！」

「え？」白人の男は言った。「納屋？」

「そう！」少年は叫んだ。「納屋！」

「捕まえろ！」白人の男がどなった。

だが今回も間に合わなかった。ニグロはシャツを捕まえたがさんざん洗濯されて朽ちていた袖全体がすっぽりもぎ取られ、少年は玄関扉も通り抜けてふたたび馬車寄せを走っていて、実際それまでも、白人の男の顔に向かってわめいていたあいだすら走ることはやめていなかった。

彼のうしろで白人の男が「馬だ！　私の馬を連れてこい！」と叫んでいて、彼は一瞬、囲い地を突っ切って柵を乗り越え道路に出ようかと思ったが、この囲い地は知らないし蔓のはびこる柵がどのくらい高いかも知らないので危険は冒さなかった。そのまま馬車寄せを駆けていき、血も息も轟音を上げ、じきにまた道路に出たが目では見えなかった。耳も聞こえず、ぐんぐん駆ける雌馬がほぼ触《さわ》れそうなくらい近くまで来てやっとその音が聞こえたが、そうなってもなお、あたかもその烈しい悲哀と必要のあまりの切実さゆえいますぐにも翼が生えると思っているかのごとく彼は進路を変えなかったが最後の最後の瞬間やっと横に飛びのき、馬が雷鳴のごとき音とともに追い抜き走り去ってゆくなか、雑草のはびこる道端の溝に彼は落ち、一瞬、星々を背景に、静かな初夏の夜空が烈しいシルエットとなって浮かび、馬と乗り手の姿が消え

5　**淡い色のリボンが恐ろしく緩慢に……**　「淡い色のリボン」は道路を指す。リボンが恐ろしく緩慢にほどけていくというきわめてフォークナー的なイメージを通して、走ってもなかなか進まないもどかしさが表わされている。

るよりも先に、唐突かつ乱暴に上へ向かうしみが空を汚し、長い、渦巻く轟きが、信じがたいその音なき音で星々を塗りつぶし、彼は飛び上がって道路に戻り、ふたたび走って、もう間に合わないとわかっても銃声が聞こえたあともまだ走っていてその直後に二発の銃声が聞こえると走るのをやめたという自覚もなく立ち止まり、「パパ！　パパ！」と叫び、走り出したという自覚もなくふたたび走り出し、よろめき、何かにつまずいて転び、走るのをやめることなくあたふたと起き上がり、立ちながらうしろをふり返ってギラギラした光を見て、見えない木々のあいだを走りつづけ、喘ぎ、泣きながら「父さん！　父さん！」と言っていた。

　午前零時に彼は丘の頂に座っていた。午前零時とは知らなかったしどれくらい遠くまで来たかもわからなかった。だがもう背後にギラギラした光はなく、そこに座って、四日間とにかく家と呼んできた場に背を向け、顔は息に力が戻ってきたら入っていくつもりの暗い森の方を向き、肌寒い闇の中でちっぽけな体をたえず震わせながら、朽ちたぺらぺらのシャツの残骸で精一杯身を包み、悲哀と絶望はもはや不安でも恐怖でもなくただただただ悲哀と絶望だった。父さん、僕の父さんと彼は思った。「父さんは勇敢だった！」と突然声に出したが大声ではなく、ほとんどささやきのように「勇敢だった！　戦争に行ったんだ！　サートリス大佐の騎兵隊にいたんだ！」と叫ぶ彼は父親がその戦争に由緒正しいヨーロッパ的な意味で一個人として行ったのであり軍服も着なければいかなる人・軍・旗の権威も仰がずそれらに対する忠誠も示さず、かのマルブルック[6]その人と同じく戦利品のために戦争へ行ったのでありその戦利品が敵のものだろうが味方のものだろうが父にとって意味はゼロでありゼロ以下であったことも知りはしなかった。

ゆっくりと星座が回りつづけた。しばらくしたら夜が明けて陽も昇り彼は空腹を覚えるだろう。でもそれは明日のことであっていまはただ寒いが歩けばそれも治るだろう。息も楽になったので立ち上がって先へ行くことにし、もうじき夜明けであり夜はほぼ終わっていると知って自分がしばらく眠っていたことを悟った。そのことはヨタカの声でわかった。いまやヨタカたちは眼下の暗い木々の中そこらじゅうにいて絶え間ない抑揚に富む声を発しつづけ、昼の鳥たちに譲る瞬間が迫るにつれて声にはもうほとんど切れ目がなくなっていた。彼は立ち上がった。少し体がこわばっていたが、歩けば寒さ同様それも治るだろうし、じきに陽も出るだろう。丘をそのまま下って、暗い森の方に向かった。ひとたび森に入れば、鳥たちの流麗《りゅうれい》な銀色の声が休むことなく、晩春の夜の切迫した朗々たる心臓のあわただしく切迫した鼓動のごとく呼びかわしあうのだ。彼はふり返らなかった。

6　**かのマルブルックその人**　ジョナサン・スウィフトに強欲を揶揄された初代モールバラ公爵ジョン・チャーチル（一六五〇―一七二二）を指す。

失われた十年
The Lost Decade
（1939）

F・スコット・フィッツジェラルド
F. Scott Fitzgerald

ニュース週刊誌のオフィスにはあらゆる類いの人たちがやって来て、オリソン・ブラウンは彼らとあらゆる類いのつながりを持った。勤務時間外ではいっぱしの編集者だが、勤務中は単に、一年前ダートマス大の『ジャック＝オ＝ランタン』誌の編集長を務めていた縮れ毛の男というだけでしかない。そしていまは、判読不能の原稿の整理から、連絡係の肩書きなしの連絡係まで、誰もやりたがらないオフィス周りの雑用を任されるだけで有難いと思っていた。

この訪問客が編集長室に入っていくのをオリソンは見ていた。四十がらみの、青白い、背の高い男で、彫像のように整った金髪。物腰は内気でも臆病でもなく、修道士のように浮世離れしてもいないが、その三つの要素が少しずつ入っている。名刺に書かれたルイス・トリンブルという名が漠然とした記憶を喚《よ》び起こしたが、取っかかりが何もないとあって、それ以上考えはしなかった。が、じきに机の上のブザーが鳴ると、これまでの経験から、どうやらミスタ・トリンブルがランチの一品目になりそうだとオリソンは覚悟した。

「ミスタ・トリンブル、こちらミスタ・ブラウンです」とすべての昼食代の出所《でどころ》が言った。「オリソン、ミスタ・トリンブルは長いこと離れておられたんだ。とにかくご本人はそう感じておられる——何しろほぼ十二年だからね。まあこの十年を見ずに済んだのは幸運だと思う人もいるだろうが」

「そうですよね」オリソンは言った。

「私は昼食に同席できない」ボスはさらに言った。「ヴォワザンかトウェンティ・ワンか、どこでもご本人がお望みのところにお連れしなさい。いろんなものを見ていないと感じておられるから」

トリンブルは礼儀正しく異を唱えた。

「いや、一人で行けるよ」

「わかってます。かつてのあなたほどこの場所を知りつくしておられる方もいらっしゃいませんでしたからね。もしブラウンが、今日《こんにち》では馬のない馬車がありまして、なんてやり出したらさっさと送り返してください。で、四時には戻ってらっしゃいますね？」

オリソンは帽子を取った。

「十年離れていらしたんですか？」エレベータで降りていく最中に彼は訊いた。

「エンパイア・ステートビルの工事は始まっていたな」とトリンブルは言った。「とすると何年かな？」

「一九二八年ごろですね。でもチーフも言ってましたけど、いろいろご覧にならずに済んで幸いでしたよ」。そして探りを入れようと「たぶん、もっと面白いものを見てこられたんじゃないですか」と言い足した。

「それはないね」

通りに出て、行き交う車の騒音にトリンブルの顔がこわばるのを見て、オリソンはもうひとつ推量してみた。

「文明の外にいらしたんですか？」

「ある意味では」。その一言をじっくり考えた末に口にするのを聞いて、この人は話したくなければ話さない人なんだな、とオリソンは判断し、と同時に、ひょっとして三〇年代を刑務所か精神科病院で過ごしたんだろうか、と推測した。

「ここが有名なトウェンティ・ワンです」オリソンは言った。「どこかよそにしますか？」

トリンブルは立ちどまり、ブラウンストーン造りの建物をじっくり眺めた。

「トウェンティ・ワンという名前が有名になったころを覚えてるよ」とトリンブルは言った。

「モリアーティとだいたい同じ年だ」。それから、ほとんど申し訳なさげな口調で続けた。「五番街を五分ばかり北に歩いたあたりで食べようかと思ったんだ。どこか若い人たちを見られるところで」

オリソンはチラッと彼を見て、ふたたび鉄格子と灰色の壁と鉄格子を思い浮かべ、その手の女の子を紹介するのも自分の義務なんだろうか、と考えた。だがミスタ・トリンブルはそういうことが頭にありそうには見えなかった。その表情にまず見えているのは、混じり気なしの深い好奇心である。オリソンはトリンブルの名を、バード少将の南極基地や、ブラジルのジャングルで行方不明になった飛行機と結びつけてみた。この人は相当の人物だ。あるいは相当の人物だった。それは間違いない。とはいえ、ではこの人がどういう環境にいたかとなると、唯一はっきりした手がかりは――そしてオリソンにとってこの手がかりはどこへもつながらなかった――田舎の人間ふうに信号を律儀に守る、歩道の車側ではなく店側を歩きたがる、その二点だけだった。一度、立ちどまって男性用小物店のウィンドウをじっと覗き込んだ。

「クレープタイ」トリンブルは言った。「大学を出て以来見てなかったな」

「大学はどちらへ？」

「マサチューセッツ工科」

「いいところですね」

「来週見に行くつもりだ。どこかこのへんで食べよう――」彼らは五十丁目台の上の方にいた。「――君が選んでくれ」

角を曲がったところに、小さなオーニングを張った感じのいいレストランがあった。

「何を一番ご覧になりたいですか？」二人で腰を下ろしながらオリソンは訊いた。

トリンブルは考えた。

「そうだな――人々の後頭部」と彼は切り出した。「首――頭と胴とのつながり。あそこにいる小さな女の子二人が父親に何と言ってるかを聞きたい。言っていること自体じゃなくて、言葉が浮くか沈むか、話し終えたときに口がどう閉じるか。リズムの問題だ。コール・ポーターは新しいリズムが現われたと思って一九二八年にアメリカに帰ってきたんだからね」

これぞ手がかりだとオリソンは確信したが、ここは相当慎重に行くことにして、口に出す手前で踏みとどまり、今夜カーネギー・ホールでいいコンサートがありますよ、と突然言いたくなった欲求も抑えた。

「スプーンの軽さ」トリンブルは言った。「本当に軽い。スティックを添えた小さなボウル。あそこにいるウェイターの目付き。あの男とは前に知り合いだったが、向こうは覚えてないだろうな」

とはいえ、二人が店を出るときそのウェイターはトリンブルを、誰なのかほとんど知っているような戸惑った顔で見た。外に出ると、オリソンは笑って言った。

「十年もすると人は忘れてしまうものですね」

「いや、去年の五月にあそこでディナーを――」トリンブルはそこまで言って急に口をつぐんだ。

なんだか何もかも狂ってるな、とオリソンは判断し、ここはガイド役に徹しよう、と気持ちを切り換えた。

「ここからロックフェラー・センターがはっきり見えます」とオリソンははきはきと説明を始めた。「そしてクライスラー・ビルとアーミステッド・ビルも。新しいビルもずいぶん増えましたが、アーミステッドが一番の古顔です」

「アーミステッド・ビル」トリンブルは律儀に首をのばしてそっちを見た。「そう、私が設計したんだ」

オリソンは陽気に首を振った。とにかくいろんな連中と出歩くことには慣れている。でもさっきの、去年の五月にレストランに行ったという話は……

ビルの隅石に飾られた真鍮のエンタブラチュアのそばでトリンブルは止まった。「一九二八年竣工」とそこには刻まれてあった。

トリンブルはうなずいた。

「でもこの年に酒に溺れたんだな。とことん酒浸りになった。だからいままで一度も見ていなかった」

「そうなんですか」。オリソンはためらった。「中、入ってみます？」

「もう入ったよ。何度も。でも外から見たのは初めてだ。で、いまとなっては見たいものじゃない。どうにも見られやしない。いまはただ人が歩いてるのを見たい。服や靴や帽子が何で出来ているかを見たい。目や手も見たい。君、握手してくれるかね？」

「はい、もちろん」

「ありがとう。ありがとう。ご親切に。奇妙に見えるだろうな——まあでも、別れの挨拶だと思ってもらえるかな。私はしばらくここを北へ行くつもりだから、ここで別れよう。四時に戻るとオフィスの人たちに伝えてくれ」

歩き出したトリンブルの後ろ姿を見ながら、彼が酒場に入るものとオリソンは半ば予想した。だがトリンブルに酒を感じさせるところは、過去に飲んでいたことを感じさせるところすら、まったくなかった。

「参ったな！」とオリソンは胸の内で言った。「十年間酔っ払ってたのか」

オリソンはにわかに自分のコートの生地を指で探り、それから手をのばして、かたわらのビルの御影石に親指を押しつけた。

広場でのパーティ
A Party Down at the Square
（1996; 1930 年代後半執筆と推測される）

ラルフ・エリスン
Ralph Ellison

どうやってはじまったかは知らない。大人が何人かエド伯父さんのうちに来て広場でパーティをやると言って、ついて来いと伯父さんに言われたので大人たちにくっついて暗い雨のなかを駆けていったら広場に着いた。着いたらそこにいる大人はみんなカッカしていてなにも言わずにニガーをかこんで立っていた。何人かは銃をもっていて、一人はショットガンの銃身で何度もニガーのズボンをつっついてこの引き金ひいてやるべきなんだっておどかしたけどほんとにひきはしなかった。そこは裁判所のまんまえで塔のふるい時計が十二時を打っていた。つめたい雨が降って、降ってくるはしから凍っていった。みんなからだがひえていてニガーはふるえを止めようと両腕で何度も自分のからだを抱きかかえた。

　そのうちにひとりの若い男が人の輪をかいくぐって出てきてニガーのシャツをひっぱがした。焚火の炎にてらされた黒い肌をぶるぶるふるわせながらニガーは立っていて、おびえた顔でみんなを見て両手をズボンのポケットに入れた。だれかが「手をポケットから出しな、ニガー。すぐにしっかりあったかくしてやるから」とわめいた。でもニガーにはそれがきこえなくて手はポケットに入ったままだった。

　雨はほんとうにつめたかった。手がひえてしかたないのでぼくも両手をポケットに入れた。焚火はわりとちいさくて、ニガーを立たせた台のまわりにみんなで丸太を積んでからガソリンをかけると、炎がパッと広場じゅうを照らした。もうおそい時間で街灯はとっくに消えていた。あんまりあかるいので広場に立った将軍の銅像が生きてるみたいに見えた。カビっぽい緑の顔に影がうかんで、ニガーを笑顔で見おろしてるみたいだった。

もっとガソリンをかけると、広場は街灯がついたときか赤い夕陽がしずみかけてるときみたいにあかるくなった。荷馬車や自動車がびっしり道ばたにならんでいた。でも土曜日とはちがう――ニガーたちがいないのだ。このベイコートっていうニガーをジェド・ウィルスンのトラックのうしろにしばりつけてひっぱってきたわけだけど、それいがいニガーはひとりもいない。土曜ならニガーが白人とおなじくらいいる。

いよいよニガーに火をつけようと、みんな狂ったみたいにわめいていた。ぼくは輪のうしろに下がって、自動車の数をかぞえようと広場を見わたした。広場のまん中にならぶ木の上でみんなの影がちろちろゆれていた。音に起こされて鳥たちが木から飛びたつのが見えた。きっと朝だとおもったんだろう。雨が降って凍って、道路の敷石が氷のせいでキラキラひかっていた。ぼくは四十台までかぞえたところでわからなくなってしまった。荷馬車にまじってフィーニクス・シティからやってきている。

とにかくすごい夜だった。ほんとにたいした夜だった。音がしずまるとうしろのほうまでニガーの声がきこえたのでぼくは人ごみをかき分けてまえに行った。ニガーは鼻と耳から血を出していて、黒い肌のうえを血がながれてるところだけまっ赤だった。熱いストーブのうえにのせられたニワトリみたいにニガーはかたっぽの足を持ちあげてはもういっぽうの足を持ちあげた。ニガーが立たされている台を見てみると、炎の輪が足のすぐそばまでせまってきていた。

おおきな黒い足指に炎がいまにもふれそうで、きっと熱かったにちがいない。お祈りをとなえな、とだれかがどなったけどニガーはもうなにも言わなくなっていた。ただ目をつむってうめき声をあげて、足をかわりばんこに上げ下げしていた。

丸太をつつむ炎がどんどんニガーの足のほうにすすんでいくのをぼくはながめた。すごいいきおいで燃えていて、雨もやんだし風も出てきていて、炎はますます高く燃えあがった。見てみたら人ごみのなかに女が三十五人くらいいるみたいだった。男たちの声にまじってキンキンした声がはっきりきこえてきた。それから、そのことが起きた。みんながきいたのとほとんど同時にぼくもそれをきいた。湾から押しよせてくるサイクロンのとどろきみたいな音がして、いったいなにごとかとみんな空を見あげていた。おどろいた、おびえた顔をしてる人たちもいたけどニガーはちがった。ニガーにはその音がきこえてさえいなかった。顔を上げもしなかった。やがて音は近づいてきて、ぼくたちの頭のすぐ上空でとどろき、風もぐんぐん強くなって音はぐるぐるまわってるようにおもえた。

それから、飛行機が見えた。雲と霧のむこうに翼の赤と緑の光が見えた。見えたのはほんのいっしゅんで、飛行機はまた低い雲のなかへのぼっていった。ぼくは六十キロはなれた飛行場の方角を見てビルの上空を旋回するサーチライトをさがした。見つからなかった。夜はいつもならサーチライトが空をまわってるのに、今夜は見あたらない。それからまた飛行機が、霧のなかで迷子になったおおきな鳥みたいに出てきた。赤と緑の光をぼくはさがしたけどもう見えなかった。さっきよりもっとビルの近くを飛んでいた。風はますます強くふいて、木の葉があたりをまいはじめて地面にへんてこな影がうかんで、木の枝がバリバリ鳴って折れていた。

すごいあらしだった。パイロットはここがきっと滑走路だとおもったんだろう。広場の焚火も、着陸の助けに焚いてるとおもったんじゃないか。みんなすごくこわがった。ぼくもこわかった。口々に「着陸するぞ。着陸するぞ」「墜落だ」とわめいていた。何人かは自動車や荷馬車のほうに駆けていった。荷馬車がギシギシきしんでクサリがじゃらじゃら鳴って自動車のエンジンをかけようとしてプツプツ鳴ってけっきょくかからないのがきこえた。ぼくの右で馬が一頭、まえあしを上げてひづめでゴンゴン自動車の車体をたたきはじめた。

ぼくはどうしたらいいかわからなかった。逃げだしたかったし、そこにとどまってなにが起きるか見とどけたかった。飛行機はものすごく近くまで来ていた。パイロットはここがどこなのか見きわめようとしていたんだとおもう。エンジン音がほかの音をぜんぶかき消していた。震動までつたわってきて、ぼくのかみの毛が帽子の下でピンと立ってる気がした。と、片あしをまえに出して剣に寄りかかってる将軍の銅像に目が行ったので、あそこまで駆けていって両あしのあいだによじのぼってそこから見物しようとおもったけど、そのときごう音がいくらか弱くなって、上を見てみると飛行機は広場のまん中の木々のすぐうえをすべるようにうごいていた。

エンジンがすっかり止まって、飛行機の脚の下で枝がバリバリパチパチ折れる音がきこえた。

もういまではすごくはっきり見えた。焚火の炎にてらされて機体がピカピカ銀色にひかって、つばさのうらがわに黒い字でTWAと書いてあった。広場からすうっとうまく出ていったとおもったら町をとおってバーミンガム街道ぞいにのびてる高圧線にぶつかった。ガシャーン、とおおきな音がした。ブリキの納屋のトビラが風で閉まったみたいな音だった。ぶつかったのは脚だけだったけど火花が飛ぶのが見えたし、電線が電柱からもぎとられて青い火花を吐きだしてヘビの群れみたいにくねくねまわって闇のなかに青い火花の輪をのこしていった。

五本か六本電線がもぎとられてぶらぶら垂れ、電線どうしがふれるたびにまた火花が飛びでた。風で電線がゆれて、そっちへ行ってみるとパチパチブツブツ鳴る青いもやが街道のあたりをおおっていた。駆けていくさいちゅうにぼくは帽子を飛ばされたけど止まってひろいはしなかった。ぼくはまっ先に着いた一団のなかにいたけどほかの連中もどすどす広場の芝の上を駆けてくるのがきこえた。みんなジゴクの鬼も顔まけのものすごい声でわめいて、押しあいへしあいしながらぐんぐん走ってきてだれかが押されてゆれる電線にぶつかった。ジュッ、とかじ屋がまっ赤な熱いテイテツを水のはいったたるに落として湯気があがるときみたいな音がした。肉が燃えるにおいがした。人間の肉が燃えるにおいをかいだのははじめてだった。そばに寄ってみたら女のひとだった。即死だったにちがいない。水たまりのなかに板きれみたいにコチコチになってたおれていて、電柱からもげたガラスのぜつえん体のかけらがそこらじゅうにころがっていた。白いワンピースがやぶれて、おっぱいのかたっぽが水のなかに垂れてフトモモが両方見えていた。だれか女のひとがヒメイをあげて失神して電線の上にたおれそうになったけど男のひとがつかまえてやった。部下たちをつれた保安官が大声でわめきながらピカピカの銃をふりまわしてヤジ馬を追っぱらい、なにもかもが火花に青くてらしだされていた。感電のせいで女のひとはニガーとほとんどおなじくらい黒くなっていた。青くもなってるのかそれとも青いのは火花だけなのかぼくは見てみようとしたけど保安官に追っぱらわれた。見ようとしながらうしろに下がると、どこか右がわの雲のなかで飛行機のエンジンがまたかかるのがきこえた。

風にふかれて雲はみるみるながれ、なにかが燃えるにおいが風にのってただよってきた。うしろをむいてみると、人波がニガーのほうにもどっていくところだった。炎のまん中にニガーが立っているのが見えた。風のせいで炎はなおもぐんぐんあかるくなっていった。みんな走っていた。ぼくも走った。みんなといっしょに芝生のうえを駆けもどった。飛行機が来たときにいなくなった人も多かったからもうそんなにおおきな人波じゃなかった。ぼくはつまずいてころんで、芝生にころがっていた木の枝のうえにたおれてくちびるをかんだ。くちびるはいまだになおってない。それくらい強くかんだのだ。走りながら口のなかで血の味がした。吐きけがしたのもそのせいだとおもう。着いてみると、ニガーのズボンに火がついていて、みんなかこんで見てたけど風が炎をふきちらすのでそんなに近くに寄っていなかった。誰かが「どうだニガー、もうそんなに寒くなかろう？　もうポケットから手ぇ出してよかろうに」とどなった。

するとニガーはいまにも顔から飛びだしそうなおおきな白い目を上げた。ぼくはもううんざりだった。もうこれ以上見たくなかった。どこかに駆けていって吐きたかった。でもぼくはそこからうごかなかった。人波のいちばんまえにいて、見ていた。

ニガーはなにか言おうとしたけど風と炎がごうごう鳴ってきこえないのでぼくは耳をすました。ジェド・ウィルスンが「なんて言ったんだ、ニガー？」とどなった。すると炎のむこうからニガーの声がかえってきた。「みなさんのどなたか、あたしのノドを切ってくれませんかね？」とニガーは言った。「どなたかあたしのノドを、キリスト教徒らしく切ってくれませんかね？」。するとジョーがどなりかえした。「悪いな、今夜はキリスト教徒はひとりもいないんだ。ユダ公もいないし。おれたちみんな、百パーセントのアメリカ人なんだよ」

ニガーはもうなにも言わなかった。みんなはジェドのほうを見て笑った。ジェドはみんなにすごく人気がある。伯父さんの話では来年の保安官選挙にかつぎ出される予定だという。ぼくは熱さにたえきれずケムリで目もチカチカした。うしろに下がろうとしたらジェドがガソリンの缶をもちあげてニガーめがけて中身をぶちまけた。銀色の幕みたいに飛びこんでくるガソリンを炎がひと息でとらえて、一部はニガーにじかにとどいて青い炎が胸いちめんからほとばしり出た。

いやあ、すごくタフなニガーだった。それはみとめるしかない。ほんとにタフな奴だった。火事になった家みたいにからだが燃えだしてケムリも動物の皮が燃えてるみたいなにおいになった。炎が頭までのぼっていて、ケムリがすごく濃くて黒いので姿が見えなくなった。それにぜんぜんうごかないし、みんなニガーが死んだんだとおもった。と、奴がまえに出てきた。奴をしばっていたロープが燃えて、ニガーは目が見えなくなったみたいにぴょんぴょんはねたり宙をけったりしはじめた。肌が燃えているのがにおいでわかった。あんまり激しくけったので、やっぱり燃えていた台がくずれ落ちてニガーはごろんとたおれて炎のなかからぼくの足もとまでころげ出てきた。さわらないようにぼくはさっと飛びのいた。あのときのことをぼくはぜったいわすれない。バーベキューを食べるたびにあのニガーのことをおもいだすだろう。背中なんてまるっきりバーベキューのブタだった。あばらのでっぱりが背ボネからはじまって下むきにカーブをえがいておもてにまわっていくのが見えた。ほんとうにたいした見ものだった、あの背中は。ニガーはぼくのすぐ足もとにいて、ぼくはだれかにうしろから押されてまだ燃えてるニガーをあやうく踏んづけるところだった。

でもなんとか踏んづけずにすんで、ジェドとだれかもう一人とで燃えさかる板や丸太のなかにニガーを押しもどしてまたガソリンをそそいだ。ぼくは帰りたかったけどみんなギャアギャアわめいていてうごこうにもうごけずあたりを見まわしても銅像が見えるばかりだった。風で折れたほそい枝が一本、将軍の帽子のうえにのっていた。ぼくはもう腹のなかがめちゃくちゃになってたから人を押しのけて逃げだそうとしたけど、すぐうしろに立ってる女一人と男二人のツバと熱い息を顔にあびただけだった。しかたなくまえに向きなおった。ニガーがまた炎のなかからころげ出た。とにかくじっとしていない奴なのだ。こんどは反対の方向にころがった。炎とケムリがじゃまになってよく見えなかった。みんなでふとい枝を何本かもってきてその場に押さえつけて、灰になるまでニガーはそこにいた。いたんだとおもう。奴が燃えて灰になったことは一週間後にジェドに会ってきいたから知ってる。ジェドはわらって、ニガーの肌の残がいでいまだにつながってる白い指のホネを見せてくれた。とにかくだれかがニガーを見ようとうごいたすきにぼくは逃げだした。人ごみをかき分けてすすんで、うしろでギャアギャアわめいてまえへ行こうとしてる女のひとに顔をひっかかれた。

広場の反対側の、いまだにパチパチ鳴って青い霧を出してる電線を保安官や副保安官がガードしているほうまで駆けていった。ずいぶん長く走ったみたいに心臓がドキドキ鳴っていてぼくはかがみこんで腹の中身をぶちまけた。なにからなにまでいっぺんにあふれ出た。ぼくはゲーゲー吐いて、くたびれて、力もぬけて、さむかった。風はまだ強くて、大粒の雨が降りだしていた。伯父さんのうちめざして通りを駆けていった。とちゅうとおった店の窓が風で割れていてガラスが歩道にちらばっていた。ぼくはガラスをけちらしながら走った。どこかの阿呆なオンドリが、もう朝だとおもってるみたいに、風がびゅうびゅうふくなかで鳴いていた。

つぎの日、ぼくはすっかり弱っていて外に出られなかった。伯父さんはぼくをからかって「シンシナティの腰抜け坊主」と呼んだ。べつに気にならなかった。じき慣れるものさ、と伯父さんは言った。伯父さんも外へ出られなかった。風と雨が強すぎたのだ。起きあがって窓の外を見ると、雨がざあざあ降っていてスズメの死がいや折れた木の枝が庭じゅうにちらばっていた。ほんとうにすごいサイクロンが来たのだ。郡をもろにつきぬけて、この町なんかまだいいほうだった。

三日間ずっと風がふきつづけて、町はさんざん痛めつけられた。風で火花が飛びちって、ジャクソン・アベニューに建つ、白と緑でかざった、庭におおきなコンクリートのライオンがいる家が火事になって焼けおちた。あのベイコートっていうニガーを焼き殺したあと、郡から逃げだそうとしたもう一人のニガーが殺された。エド伯父さんが言うには、ほかのニガーたちへの見せしめにかならず二人一組で殺さないといけないんだそうだ。でもどうなんだろう、みんななんだか、ニガーたちにちょっとおびえてるみたいに見える。ニガーたちはもどってきたけど、奴らはずいぶんむすっとしている。連中が店先にたむろしているまえをとおりすぎると、みんなひどく陰険な顔をしてる。こないだブリンクリーの店に行ったら、白人の小作人が、ニガー殺したって意味ないぜ、べつにものごとよくなりゃしないんだからって言った。その小作人はものすごくお腹をすかせてるみたいだった。ほかの小作人もたいていみんなお腹をすかせてるみたいに見える。白人がここまで腹ぺこに見えるなんておどろきだ。おまえだまったほうがいいんじゃないの、とだれかに言われて、その小作人はだまった。でもあの顔つきじゃ長いことだまってないとおもう。ぶつぶつひとりごとを言って店から出ていきながら、ぺっとかみタバコのかたまりを店の床に吐いていった。ツケをことわられて怒ってるのさとブリンクリーは言った。とにかく、あんまりいいことはないみたいだ。まずニガーとあらしで、つぎが飛行機で、それから女と電線、それに航空会社は飛行機が燃えてあやうくめちゃくちゃになるところだったんでだれが火をつけたのか調査してるらしい。それがぜんぶひと晩のうちに、あらし以外はすべて、ひとりのニガーのせいで起きたのだ。まったくたいした夜だった。それにたいしたパーティだった。で、ぼくもそこにいたわけでさ。ぼくもそこにいて、なにもかも見たんだ。これがぼくの最初で最後のパーティだった。いやあ、でもあのニガーはほんとにタフだった。ほんとうにたいしたニガーだったよ、あのベイコートってニガーは！

何度も歩いた道

A Worn Path

（1941）

ユードラ・ウェルティ

Eudora Welty

十二月。朝早い、明るい凍てつく日だった。ずっと山奥に、赤い布切れを頭に巻いた老いたニグロの女がいて、松林の中の一本道をやって来た。名前はフィーニックス・ジャクスン。小柄でひどく老いていて、暗い松の木蔭をゆっくり一歩進むたび体が少し横に揺れ、グランドファザークロックの振り子みたいに重さと軽さが釣合いを保っていた。傘で作った細い小さな杖を持っていて、前方の凍った土をコツコツ叩いている。静寂な空気の中で、重々しい音が執拗に響き、ぽつんと一羽いる小鳥がさえずるように、どこか瞑想的に聞こえた。

女は縦縞で濃い色の、爪先まで垂れたワンピースを着ていて、色褪せた砂糖袋で作った同じく裾の長いエプロンはポケットがたっぷり膨らんでいた。何もかも小綺麗できちんとしていたが、靴紐だけはほどけていて、一歩歩むたびに踏んづけて転んでしまいそうだった。女はまっすぐ前を見ていた。目は歳のせいで色が脱《ぬ》けて青かった。肌には独特の模様が出来ていて、皺が無数に枝分かれし、額の真ん中から小さな木がまるごと一本生えているみたいだったが、その下には金色が流れていたし、木の節みたいな左右の頰は、その暗い色の下で燃える黄色に照らされていた。赤い布切れの下の髪はごくかすかな巻き毛になって首まで垂れ、いまだ黒々として、銅みたいな匂いがした。

時おり茂みががさっと震えた。老いたフィーニックスは言った。「どいとくれ、キツネ、フクロウ、カブトムシ、ノウサギ、アライグマ、その他もろもろ野生動物！……この足下から離れとくれ、ちっちゃなコリンウズラ……おっきなイノシシをこの道から遠ざけとくれ。誰もあたしめがけて駆けてきたりさせないどくれ。先は長いんだからね」。その小さな、黒いしみのある手の下で、杖が御者の鞭並みにしなやかに、隠れているものたちを叩き起こすかのように藪をひゅっと打った。

女は歩きつづけた。森は奥深く、静かだった。風が揺れる上の方、松葉は日を浴びてほとんど直視できないくらい眩しく光っている。松ぼっくりが一つまたひとつ、羽根のように軽々と落ちてきた。下の窪地にはナゲキバトがいた。まだこの鳥が出ている時間なのだ。

道は上り坂になって、丘を上がっている。「ここらへんまで来ると、足に鎖が巻きついたみたいだねえ」と女は、老いた人々が自分相手に使う、議論でも吹っかけるみたいな声で言った。「この丘で、いつも何かにつかまっちまう。ゆっくりしてきなよって言われるんだ」

丘の頂に着くと、くるっとうしろを向いて、いま来た方角をしっかり、厳しい目付きで見渡す。「松の林をのぼって」と彼女はしばらくしてから言った。「今度はナラの林を下る」

目を一杯に大きく開いて、ゆっくり下っていった。ところが、下りきらないうちにワンピースを藪に引っかけてしまった。

指が忙しく、根詰《こん》めて動いたが、ワンピースはふっくらとして長く、ひとつ外したかと思うとまた別の場所が引っかかってしまうのだった。ワンピースに裂け目を作るわけには行かない。「ここは棘だらけの藪だねえ」と彼女は言った。「棘や、あんたらはあんたらなりに言われた仕事をしてる。人をあっさり通すわけには行かないんだよね。年寄りの目で見るとね、あんたら可愛い緑の藪かと思ったよ」

やっとのことで、ブルブル震えながら、棘を全部外して立ち上がり、少ししてから、杖を取ろうと恐るおそる体を曲げてみた。

「日があんなに高い！」と彼女は叫び、体をうしろにそらして見上げ、太い涙が目から流れていった。「ここにいると時間がどんどん経つねぇ」

丘のふもとに、丸太が小川に渡してある場所があった。

「さあ、ここが厄介だ」とフィーニックスは言った。

右足を前に出して丸太に乗り、目を閉じた。スカートを持ち上げ、杖を勇ましく、お祭りのパレード行進者みたいに水平に突き出し、渡りはじめた。そうして目を開け、無事向こう側に着いた。

「あたしも思ったほど老けちゃいないね」

とはいえ、座って一休みした。スカートを土手の上に広げて、両手で膝を包んだ。頭上に木が一本あって、ヤドリギが真珠みたいな雲に包まれている。ここは目を閉じちゃいけない、と思ったところで小さな男の子が一人、マーブルケーキを一切れ載せた皿を持ってきてくれて、彼女はその子に声をかけた。「これで結構だよ」。けれど、受け取ろうとしてそっちへ行くと、自分の手が空中にあるだけだった。

木を離れ、今度は有刺鉄線の柵を抜けないといけなかった。ここは這って進むしかない。両膝を広げ、指を一杯にのばして、階段をのぼろうとする赤ん坊みたいに。けれど大声で自分に話しかけた。ここでワンピース破くわけにゃ行かないんだよ、もうずいぶん遅い時間なんだから、それに引っかかって外れなくなっちまったらね、ノコギリで腕や脚切ってもらう金なんかありゃしないよ。

やっとのことで柵も抜け、開《ひら》けた場所に出て立ち上がった。大きな枯れ木が何本も、片腕の黒人たちみたいに、萎《しな》びた綿畑に並ぶ紫の茎の中に立っている。一本にコンドルが乗っていた。

「誰見てんだい？」

畦《あぜ》溝を進んでいった。

「牛の出てる季節じゃなくてよかったよ」と横を向きながら言った。「それに神さまが言い含めてくだすって、蛇どもも冬は丸まって眠ってる。あすこの木を回って二つ頭の蛇が出てきたりしないのも有難い。前に一度出てきたときは夏でね、よけて通るのがえらい手間だったよ」

古い綿畑を抜けて、枯れたトウモロコシ畑に入っていく。何かささやいて揺れる畑は彼女より背が高かった。「こりゃあ迷路だね」。もうどこにも道はない。

と、何かのっぽの、黒い、痩せぎすのものが、目の前で動いていた。

はじめは人だと思った。畑で誰か男が踊ってるんじゃないか。でも立ちどまって耳を澄ましても、それは何の音も立てなかった。幽霊みたいに黙っている。

「幽霊や」彼女はきつい声で言った。「あんた、誰の幽霊だい？　このへんで誰か死んだなんて話、聞いてないよ」

だが答えはなかった。風がぐちゃぐちゃに舞っているだけ。

目を閉じて、片手をのばすと、袖に触れた。上着に行きあたり、中は空っぽで、氷みたいに冷たかった。

「かかしか」と彼女は言った。顔が明るくなった。「あたしゃもう、どっかに閉じ込められるべきだね」と笑いながら言った。「もう目も耳も利きやしない。歳を取りすぎた。知った人間の中で一番の年寄りだ。踊んなよ、かかし」と呼びかけた。「あたしも一緒に踊るから」

片足を畦溝の向こうに蹴り上げ、口をぎゅっと引いてすぼめ、頭を一回か二回、恰好をつけて振った。トウモロコシの皮が降ってきて、スカートの周りで吹き流しみたいに舞った。

杖で道をかき分けながら、ささやく畑を進んでいった。やっと終わりまで来ると、荷車溝が出来ていて、赤い轍《わだち》と轍のあいだで銀色の草が風に吹かれていた。ウズラたちが若い雌鶏みたいに、さもお上品に、誰にも見られていないみたいに歩き回っていた。

「ここは歩ける」と彼女は言った。「ここは楽な場所だよ。すいすい行ける」

荷車溝をたどって、体を左右に揺すりながら、静かで何も生えていない畑を通り、枯葉をつけた銀色の木がささやかに連なるあいだを抜け、寒さで銀色に染まった小屋が並ぶ前を行く。扉にも窓にも板が打ちつけてあって、魔法をかけられて座っているお婆さんたちみたいだ。

「あたしゃ眠ったまま歩いてるんだね」とフィーニックスは言い、勢いよく首を縦に振った。

小さな谷の、中が空洞になった丸太の中を、湧き水が音もなく流れているところに下りていった。老いたフィーニックスはかがみ込んで飲んだ。「モミジバフウのおかげで水が甘くなる」と言って、もっと飲んだ。「この泉、誰が作ったのか知ってる人はいない。あたしが生まれたときにはもうあったんだから」

荷車溝は沼っぽい、木の枝という枝からスパニッシュモスがレースみたいに白く垂れているところを突っ切っていた。「寝てなワニたち、口から泡吹いて」。そうして、溝が本物の道路に合流した。

高い、緑色の土手のあいだを道路は深く、深く下っていった。両側に生えたバージニアカシが頭上で交叉し、あたりは洞窟みたいに暗かった。

舌をだらんと垂らした黒犬が、道端の排水溝の脇に生えた雑草の中から飛び出してきた。彼女は思いにふけって油断していたので、襲われたとき杖で軽く叩くのが精一杯だった。自分は溝の中に、ひとかたまりのトウワタみたいに落ちていった。

溝に落ちると、五感が消えていった。夢が訪れて、片手を上にのばしたが、何ものも手を下ろして引っぱり上げてはくれない。だからそこに横になって、じきに喋り出した。「なあ婆さん」と彼女は自分に言った。「あの黒犬、あんたを通せんぼしに草むらから出てきて、いまじゃ鼻高々上にいて、あんた見てニタニタ笑ってるよ」

やっとのことで白人の男が通りかかって、見つけてくれた。狩りをしている若い男で、鎖で犬を一匹つないでいる。

「や、祖母《ばあ》ちゃん！　そこで何してるんだ？」男は笑って訊いた。

「コガネムシみたくひっくり返って、元に戻してもらうの待ってますよ、ミスター」と言って片手を上にのばした。

　男が持ち上げてくれて、空中でぐるっと回してから降ろしてくれた。「どこか折れたかい、祖母ちゃん？」

「いいえ旦那、そこの枯れ草、すごく柔らかいですからね」と、息が収まるとフィーニックスは言った。「助けてくださって、お礼申し上げますよ」

「うちはどこだい、祖母ちゃん？」と男は訊いた。男の犬と黒犬とが睨みあってグルグルうなっていた。

「ずっとあっちの方ですよ旦那、あの尾根のうしろ。ここからじゃ見えもしません」

「帰るところかい？」

「いいえ旦那、町へ行くんです」

「おいおい、そりゃ遠すぎる！　僕だってここから町まで行くのはひと仕事だぜ、しかもこっちは行けば儲けもある」。そう言って中身の詰まった鞄をぽんぽん叩く。小さな閉じた鉤爪が鞄から垂れていた。それはコリンウズラで、さも苦々しげに曲がった嘴《くちばし》が、死んでいることを物語っていた。「さあ祖母ちゃん、もう帰んな！」

「あたしゃ町行かないといけないんです、ミスター」とフィーニックスは言った。「もうその時なんです」

男はまた笑い、その声があたり一帯に広がった。「お前ら黒人と来たら！　町でサンタクロースが見れるとなったら、何があっても絶対に行く！」

ところが何かに押しとどめられて、フィーニックスはじっと動かなかった。顔の深い皺が、荒々しい、全然違う放射形に変わった。男のポケットから突然、五セント貨がキラッと光って落ちるのを彼女は自分の目で見たのである。

「あんたいくつだい、祖母ちゃん？」気がつくと男が言っていた。

「わかりませんよ、ミスター。わかりません」

と、彼女は軽い叫び声を上げ、両手をぱんと叩いて、「あっちへ行きな、犬っころ！　見てくださいよ！　この犬見てくださいよ！」と言った。感心したみたいに声を上げて笑った。「誰のことも怖がっちゃいない。でっかい黒犬ですよ」。それから「けしかけなさいよ！」とささやいた。

「見てろ、追っ払ってやるから」と男は言った。「あいつにかかれ、ピート！　やっつけろ！」

犬たちが争うのをフィーニックスは聞き、男が駆け出して棒切れを投げるのを聞いた。銃声まで一発聞こえた。だが彼女はいまや体を少しずつ前に曲げ、じわじわ身を乗り出して、あたかも眠ったまま動いているみたいに瞼が目を覆っていた。あごがほぼ膝まで下がっていた。黄色い手のひらがエプロンのひだから出てきた。指がするっと下りて地面にそって動き、落ちている金《かね》の下に、雌鶏の抱いている卵を持ち上げるみたいにそうっと優美に、慎重に入り込んでいった。それからゆっくり背筋をのばしていき、まっすぐに立って、五セント貨はエプロンのポケットの中に収まっていた。鳥が一羽、そばを飛んでいった。彼女の唇が動いた。「神さまがずっとあたしを見てらっしゃる。あたしは盗みをはたらいた」

男が戻ってきて、彼の犬が二人の周りでハアハア息をした。「や、あの犬、びびらせて追っ払ってやったぞ」と男は言い、それから笑って銃を持ち上げ、フィーニックスに突きつけた。

彼女はまっすぐ立ったまま男と向きあった。

「銃が怖くないのか？」男は銃を突きつけたまま言った。

「いいえ旦那、若いころはもっと近くで撃つのを何度も見ましたから——しかもいまあたしがやったことよりもっと些細な理由でしたよ」そう言って身じろぎもしなかった。

男はニッコリ笑い、銃を肩にしょった。「や、祖母ちゃん」と彼は言った。「あんたきっともう百歳になってて、怖いものなんか何もないんだな。手持ちの金があったら、あんたに十セントくれてやるところなんだが。だけど悪いこと言わんからうちにいなさい、そしたら何も起きずに済む」

「行かなくちゃいけないんです、ミスター」とフィーニックスは言った。そして赤い布切れを巻いた頭を横に傾けた。やがて二人は別々の方向に歩いていった。丘の向こうで何度も銃声がするのをフィーニックスは聞いた。

彼女は歩きつづけた。影がナラの木から道路に、カーテンみたいに垂れていた。と、薪を燃やす煙の匂いがして、川の匂いがして、尖塔が見えて、険しい登り段を上がって中に入る小屋がいくつも見えた。小さな黒人の子供たちが何十人も彼女の周りでぐるぐる回った。前方でナチェズ〔ミシシッピ州の南西端、ミシシッピ河に面した都市〕の街がキラキラ光っていた。鐘があちこちで鳴っていた。彼女は歩きつづけた。

舗装された街はクリスマスの季節だった。赤と緑の電球がそこらじゅうにつながれ、交叉して、昼間だというのにひとつ残らず点灯していた。これでもし、老いたフィーニックスが自分の目を疑うこともなく、足がちゃんと連れていってくれるなどと高《たか》を括《くく》っていたら、きっと迷子になったことだろう。

人々が行き交う歩道で、そっと立ちどまった。人波に交じってきちんとした婦人がやって来て、赤、緑、銀に包んだプレゼントを腕一杯に抱えていた。暑い夏の赤いバラみたいな香りを婦人は発散させている。フィーニックスは彼女を呼びとめた。

「もし、お嬢さん、この靴紐結んでいただけませんか？」。片足を上げてみせた。

「何の用なの、お祖母ちゃん？」

「この靴見てください」とフィーニックスは言った。「山ん中じゃこれでいいんですが、おっきな建物に入るにはいけません」

「じゃじっとしててよ、お祖母ちゃん」と婦人は言った。一連の包みをかたわらに下ろし、両方の靴紐を結んで、ぎゅっと締めてくれた。

「杖ついてる体じゃ結べないんです」とフィーニックスは言った。「ありがとう、お嬢さん。街へ出てきたらね、きちんとしたご婦人見つけて、結んでくださいってお願いするんです」

ゆっくりと、横に揺れながら進んで、大きな建物に入り、塔のような階段をのぼって、ぐるぐる回りながら上がっていき、ここだ、と足でわかった。

あるドアの中に入ると、壁に釘で、金《きん》の印章を押した、金の額縁に入れた文書が留めてあった。それが彼女の頭の中に掛かっている夢と一致していた。

「さ、着いた」。その体を、固まった、儀式ばったこわばりが包んでいる。

「慈善の人かしら」と、目の前のデスクに座った係員が言った。

だがフィーニックスは頭上を見るだけだった。顔に汗が浮かび、肌の皺が明るい色の網のように光った。

「何か言いなさいな、お祖母ちゃん」と係の女性は言った。「お名前は？　履歴が必要なのよ。ここへは来たことあるの？　どこが悪いのかしら？」

老いたフィーニックスは、蝿にでも煩《わずら》わされているみたいに、顔をぴくっと歪ませるだけだった。

「あんた、耳が聞こえないの？」と係員が呼びかけた。

ところがそこで、看護師が入ってきた。

「あ、この人はね、フィーニックス小母さん」と看護師は言った。「この人、自分のことで来るんじゃないの。小さな孫息子がいるのよ。時計仕掛けみたいにきっちり定期的に来るの。オールド・ナッチェス道《トレース》から外れてもっと奥へ行ったところに住んでる」彼女はかがみ込んだ。「さ、フィーニックス小母さん、座ったら？　遠くから来たんですもの、立ちっ放しじゃ辛いわよね」。看護師は椅子を指さした。

老いた女はまっすぐ背筋をのばして座った。

「で、坊やの具合は？」看護師が訊いた。

老いたフィーニックスは喋らなかった。

「ねえ、坊やの具合は？」

だがフィーニックスはただ待っていて、まっすぐ前を、ひどく厳《おごそ》かな、内にこもって硬直した顔でじっと見ていた。

「喉、少しはよくなった？」看護師が訊いた。「フィーニックス小母さん、聞こえないの？　こないだ薬取りに来たとき以来、お孫さんの喉、少しはよくなりました？」

両手を膝に載せたまま、老いた女は待っていた。黙って、背筋をのばして、じっと動かず、まるで鎧《よろい》を着ているみたいだった。

「あたしたちの時間無駄にしちゃ困るわよ、フィーニックス小母さん」看護師は言った。「お孫さんのこと、さっさと聞かせてちょうだい。お孫さん、亡くなったんじゃないわよね？」

やっとのことでフィーニックスの顔にちらっと光が浮かび、それから、理解の炎が広がっていった。

「あたしの孫。いまちょっと記憶が飛んじゃって。座ったら何のためにここまで来たのか忘れてしまって」

「忘れた？」看護師が顔をしかめた。「わざわざ遠くから来たのに？」

するとフィーニックスは、夜中に怯えて目を覚ましたことを威厳をもって詫びる老女のような様子になった。「あたしは学校にも行きませんでしたし、降伏のとき〔南部が南北戦争に敗北した一八六五年を指す〕にはもう歳を取りすぎてましたから」と穏やかな声で言った。「教育もない年寄りの女です。記憶が飛んじゃったんです。うちの孫は、変わりありません、歩いてるうちに忘れちゃって」

「喉、やっぱり治らないのね？」と看護師は言った。大きな、よく通る声で老いたフィーニックスに向かって言っていた。いつの間にか、何か短いリストのようなものが書かれたカードを出していた。「そうそう。灰汁《あく》を飲んじゃったのよね。いつだったっけ？――一月だったわよね――二年、三年前の――」

フィーニックスはいまや求められずとも喋った。「いいえ看護師さん、孫は死んじゃいません、変わりありません。ときどきね、喉がまた閉じかけちゃって、そうするとものが呑み込めなくて。息もできなくなって。自分じゃどうしようもないんです。だからその時になったら、あたしがまたここまで、喉を楽にする薬をいただきに上がるんです」

「わかったわ。取りに来たらいつでもあげなさいって先生にも言われています」看護師は言った。「それにしてもしつこい症状ね」

「うちの孫はね、家ん中にいてキルトでくるんだ体を起こして、一人でじっと待ってるんです」フィーニックスはさらに言った。「あたしたちはこの世で二人っきり取り残されてるんです。あの子は苦しそうで、なかなか元に戻りません。優しい顔した子供なんです。まだまだ長生きします。小さなパッチワークのキルトを体に巻いて、小鳥みたいに口を開けて突き出して。はっきり思い出しましたよ。もう二度と忘れやしません、いつまでもずっと。見ればすぐわかります、あの子だって」

「わかったわ」。看護師はいまや彼女を黙らせようとしていた。薬壜をひとつ持ってきてやった。「慈善」と看護師は言って、帳簿に印をつけた。

老いたフィーニックスは壜を目の近くに持っていき、それから丁寧にポケットにしまった。

「ありがとうございます」と彼女は言った。

「クリスマスよね、お祖母ちゃん」係員が言った。「私のお財布から、一セント玉何個かあげましょうか？」

「一セント五個は五セント一個」とフィーニックスがぎこちなく言った。

「じゃあこれ、五セント玉」係員が言った。

フィーニックスは慎重に立ち上がり、手を差し出した。そして五セント貨を受け取り、ポケットからもう一枚の五セント貨を引っぱり出し、新しいのと一緒に手のひらに並べた。首を横に曲げて、手のひらをじっと見た。

それから、杖で床をとんと叩いた。

「これをやりに来たんです」彼女は言った。「お店に行って、紙で出来た小さな風車《かざぐるま》を、あの子に買ってやるんです。この世にこんなものがあるだなんて、きっとあの子、信じられないでしょうよ。帰ったらあの子の待ってるところにまっすぐ歩いてくんです、この手で風車かざして」

フィーニックスは空いている方の手を持ち上げ、軽く会釈し、くるっと回れ右して、診療室から出ていった。やがて階段をゆっくり下りる歩みが始まり、一歩一歩下っていった。

分署長は悪い夢を見る
——または、ヒル＆ヒルにアミタールを入れたのは誰だ？
The Captain Has Bad Dreams: or Who Put the Sodium Amytal in the Hill & Hill?
（1947）

ネルソン・オルグレン
Nelson Algren

連中は一晩か一週間、街を離れてここへ来て、アンプの前で立ちどまる。一個だけ、常灯《じょうとう》明《みょう》みたいな電球が頭上高くでギラギラ光ってる。それぞれがつかのま立ちどまり、短い告白を行なう。

「リオ・クーニー。処方偽造。ひでえ逮捕ですよ、署長さん」

クーニーにとっては人生まるごとひでえ逮捕だ。不当な容疑、執行猶予なし。

「硫酸モルヒネが手に入らなかったら何使う？」

「アヘンチンキ」

そして影の中に戻っていく。クーニーを二度と、明るい中で見ることはない。

そう、アヘンチンキ、それにこいつは澱粉だって飲む。鼻が白くなってるのはあの、粉を吸ったからじゃない。

隣の細い顔をしたニグロは、MGM映画のメキシコ人みたいに見せようとしてる――つば広の帽子、すごく濃くて黒いもみあげはアホな帽子をあごに留める紐に見える。

「何で入れられた、あんちゃん？」

「一ドルもらって、いなくなって、お釣り持ってくの忘れました」

「マリワナ持っててくの忘れたってことだな。お前、どっから来た？」

「オハイオ州チリコシー」

「富豪が来るってのに、商工会議所は知らなかったのか？」

「言いませんでしたから。俺、矯正院にいたんで」

「回れ右して壁の方を向け。その帽子、脱げ」

偽メキシコ人は帽子を脱いで、一瞬壁を向き、また向き直って、人が並んでいる暗い何列かの方を向く。最近の犯罪被害者が百人ばかり、黙って見ているのだ。分署長が説明する。「お前の後頭部を見ときたかったんだ。顔メチャクチャにぶっ叩かれてもわかるように。次」

真夜中の顔色と、オグデン・アベニューの目をした男が歩み出る。

「お前先週からまだいるのか、アーヴィング？　それとも今回は別件か？」

「金曜の夜からですけど、何でだか、まだわかりません」

「何で逮捕なのか、警官に訊かなかったのか？」

「いいえ」

「前はいつも訊いたじゃないか」

「俺が口出すことじゃないかなって思って」

「女を殴ったのか、それとも押したのか？」

「署長さん、俺それはやらないですよ」

「お前何だってやるだろうが。告訴状が出てるぞ」

「向こうが勝手に転んだんですよ。起こしてやろうと思って寄ってったら、ハンドバッグがパカッと開《あ》いて。俺、落ちた物拾うの手伝ってたんですよ」

「お前いつも女が物拾うの手伝ってるだろうが。ニューヨークからお前の逮捕状が六件来てるぞ、あっちでもさんざん手伝ってんだな」

「ニューヨーク、俺に手出しできないですよ」

分署長は下を向いてアーヴィングの記録を読み、やれやれと肩をすくめる。「働かないし、ぶっ殺すわけにもいかん」とため息をつく。「次」

「街頭でご婦人に声をかけました、てっきり女房だと思って」

「ラバにそう言え、頭蹴られて、もげて落っこちるぞ。次」

「借家人を叩きのめしました」

「それって娯楽か？」

男の戸惑った顔をよそに、アンプはさっさと次の場所へ動かされる。分署長にも、揺るがぬ断罪の指を向ける気になれない時があるのだ。

寄る辺ない連中が来ては去るのを分署長は見る。歪んだ連中、発育の止まった連中を見て、どいつもこいつもどうだっていい、と思う。警察の目も届かない都市の隅っこで、誰も見ていないから「よその庭で産め」とも言われずに生まれたその他大勢の奴ら。こいつらのためを思って作った条例なんてありゃしない。猫じゃないから溺れさせるわけにもいかないし、追っ払ってもまたいずれ戻ってくる。どうしていつも頭上の照明を点ける役は自分なのか、分署長はどうにも理解できない。どうして奴らの嘘を逆手に取って罠にかける役は俺なのか、どうして

「次！」と言う役は俺なのか。

「名前は？」

「ダフィ。俺、何でもやります」

「そんな名前で、嘘ついてるってわかったら――」分署長は記録を見てみた。「そうだな。お前まるっきり、悪魔の申し子だな」。分署長はダフィを誇りに思う。「いままで何回逮捕された、ダフィ？」

「刑務所から出るたび、かならず」

ダフィに対する誇りが萎《しぼ》んでいくなか、次の男に目を向ける。縁の垂れたソフト帽をかぶって黒いコートを着たひょろひょろの若者、顔は首のカラーと同じく真っ白。

「名前、言わんでいい」分署長が先手を打つ。「お前が何者かはわかってる。でも俺はそういう言葉は使わんのだ」。黒いコートの若者は、帰っていいと言われたかのように階段の方へ歩き出す。

「そいつを見張ってろ、放っとくと逃げるぞ！」

警官が手を振って若者を元に戻らせ、女性の目撃者たちがクックッと笑う。えらく楽しそうだ。

「お前の職業は？」分署長は邪気もなく、ひょろひょろの若者に訊く。

「俺、仕事するんです、署長さん」

「何の仕事だ？」

「だから、俺の職業で」

「職業とは？」

「やだなあ、署長さん」

「はっきりさせられてよかった。刑務所に入ったことは？」

「あります——二一〇日」

「罪状は？」

「わかりません」

「ただブチ込まれて、二一〇日経って出されたのか？」

「そうです」

「二一〇日刑務所に入れられる理由、普通は忘れんものだぞ」

「やだなあ署長さん、もうずっと前の話ですよ、一々覚えてやしません」

分署長は音《ね》を上げた。「お前、ドブに行きつくぞ、爪先上に向いた格好で。次」

老いぼれの飲んだくれ。萎《しな》びた顔はウエストマディソン・ストリートの舗道の色、目をすぼめて、影になった人の列の方をさも辛そうに、半分踏みつぶされたゴキブリみたいな目付きで見る。

「エンドウ豆二百グラム盗んで」

「恥ずかしくないのか。エンドウ豆二百グラム。今度やるときは二十五キロの袋持ってってちゃんとやるんだぞ」

次は帽子をうしろ前にかぶったチビ。

「お前、来たのか行くのか？」

「いつもこうやってかぶるんです。俺、調教助手です。馬を走らせるのが仕事で」

「なるほど。馬にクスリ打つことから始めていまじゃ自分に打ってるわけか。それがお前の問題なのか？」

「違います。飲み屋が多すぎるのが俺の問題なんです。ビール四十杯、五十杯って飲んで、泡が頭にのぼるんです」

「どういうビールだ？」

「泡がありゃ何でも」

「働こうとしたことは？」

「労務契約を待ってるとこです——料理とか」

「床屋相手に水を料理するのもお前にゃ無理だな。お前はただの穀つぶしだ、ホーソーン〔シカゴ郊外にある競馬場〕が開くまでもっと弱い穀つぶし食い物にしてるだけだ。いずれお前の前科調書作るからな」

列はゾロゾロと侘しく進んでいき、次の列の行進は、婦人看守が若いメキシコ系の娘を連れてきて人々の方を向かせるあいだしばし中断する。

「注射針と点眼器、何のためだったんだ、ファニータ？」

「楽しいやるためね」

「お前あとどれくらい生きられると思う、ファニータ？」

「明日死ぬかも」

「お前は施設で死ぬと思うね」

「私も思うね」

そしてまた男たち。派手な奴に悔いてる奴、叩かれた奴に減らず口叩く奴、オドオドしたコソ泥にふんぞり返ったペテン師、みんな腰を半分落とし、大雨の中を通り抜けるみたいに光の降り注ぐ中を通っていく。すり切れた奴にためらってる奴、小粋な奴に大胆な奴、変わり者に青二才、気のいい渡り労働者に世をすねた復員軍人。

そして単純でありふれた酒飲み。飲めば喧嘩し、四六時中飲んでる。

「警官に無抵抗しただけです」と呑み助は言い、半ば独り言のように切なげに「俺、酔っ払うたびにチェッカーキャブ乗り回すみたいで」とつけ足す。

「三十分ごとに酔っ払わないのが救いだな。そうなったら交通渋滞だもんな」

次は禿げ頭の、信心ぶった感じの小男。

「女の子を導いたのです」

「許可証はあったのか？」

暖かくなるとこういうのが入ってくる。「どこの話だ、変態野郎？」

「劇場です。自分をね、委ねたんです」

「委ねて消えちまえ。コカインたっぷりやって二十階の窓から飛び降りたらどうだ」

「ときどきそんな気分になりますよ」

「さあ――窓、開けてやるよ」

小男はいまにも泣き出しそうだ。「私、何も悪いこと考えてませんでしたよ」と訴える。

こうした男たちが分署長に取り憑く。眠りの中で、こいつらの青白い、淫乱な顔が見えた。こいつらが盲人のように、高架鉄道の下に鉄柱が並ぶ中を動いていくのが見えた。痛ましい黄色い光が一晩じゅう、線路のすきまから降ってくる。この悲惨な、蛍光色の夢の中でみんなせわしなく分署長の前を行き来し、半分そむけた顔には常時不安げな笑みが浮かび、何か秘密の、心和む悪の知を分けあってるみたいに見える。それは分署長には知りようもない知だ。

所有者のいない、黄昏の地に彼らは住んでいる。そのネオンの荒野の岸辺が、時おり分署長にもぼんやりと見える。眠りの中で彼はその岸をいつまでも追い求め、つねに近づいていく、沖に出た泳ぎ手のように、だがなぜかその細長い平べったい砂浜にはどうしてもたどり着けない。不自然な気分とともに目覚めると、晩を思って気は重く、並んだ連中をギラギラ照らす黄色い光を思って気は重い。

「どんな仕事だ？」

「服のアイロン掛《プレッサー》けです」

「カモのポケットを空っぽになるまでプレスするってことか。その腕時計は？」

「友だちが、どっかの悪党に強盗されないように俺のポケットに入れたんです」

「その話、せいぜい言いとおすことだな。ほんとに意地汚ねえな、死人のポケットからも盗むとは。裁判でそう言ってみろ。情けない飲んだくれが。この常習犯」。分署長は男の調書を自分のマイクの向こう側にあざけるように振りかざす。「これ、捨ててほしくてたまらんだろ？全員指紋制になったらお前ら仕事探してみろ、前科があるってのがどういうことか思い知るさ。きっちり三日間で証拠揃えて、門が開くたびに再逮捕してやる。その38スペシャルで何してた？　知らんのか、それ携帯できるのは警官だけだってこと？」

「俺が携帯してたんじゃないです。その場にあっただけです」

「使えれば使っただろうが」

「俺の足、靴の中に入ってますけど、動いてないでしょ？」

「そのうち車輪に乗って動き出すさ。そしたらもうお前、白いシャツ一枚しか要らなくなるぞ」。分署長は静かになり、何でこんな浮浪者相手に熱くなったのか自分でも不思議に思う。

「次の奴、おいお前の仕事は？」

「工場勤務です――ゴム作《ラバー》ってます」

「偽造小切手《ラバー・チェック》作ってんだな。次、何で捕まった？」

「救援金詐欺、還付証不所持」

「覗き行為は？」

「そ、それは覚えてないです」

「男色で挙げられたのは覚えてるか？」

「それは過去のことです」

「未来はどうなんだ？」

「いやぁ、俺もうまっとうな人間ですよ」

「きっと天使なんだろうよ——一時間いくらで」

分署長は批判的な目で次の男を見た。時代遅れの、通販で売ってるスーツを着たテキサス出の男で、襟がだらんと垂れて、肩が全然ないみたいな肩。

「そのスーツ着て、シアーズ・ローバックから出たのか？」

「金、払う気だったです」

「だけどその時間もらえなかったわけか？」

「いえ、言うタイミングがなくて」

「そんな見苦しいの着て、お前、金もらうべきだぞ。銃を持ったことは？」

「ちっちゃいリボルバーだけです。弾の入れ方もわかんないし」

「ボックスエルダー郡刑務所には何でブチ込まれた？」

「俺たちただトランプやってたら、男が一人、窓から飛び降りたんです」

「その時はちっちゃいリボルバー、持ってたのか？」

「いいえ。ちっちゃいポケットナイフだけです」

「あの飛び出しナイフならへラジカだって倒せるぞ。背中から刃先が突き出て、リボンだって結べただろうよ。次、お前の問題は？」

「夜が遅いことです。前はいつも遅くに出かけてました」

「前はお前しょうもねえ酔っ払いの浮浪者だったし、いまもそうだ。あのホテルの周りうろついて何やってた？」

「女を待ってました」

「非常階段でか？　お前いつも、そういうとこで女口説くのか？」

「口説いてたんじゃありません。中古の綿のストッキング売ってただけです」

「なるほど。ウッド・ストリートからはるばるやって来て、非常階段に隠れて、女に綿のストッキング売ってたと」

「いえ、それだけじゃないんで。あの界隈で仕事探してたんです」

「何の仕事だ？」

「いや、一晩だけの半端仕事」

「で、半端仕事やってて捕まったわけか。次」

「近道しようと裏道通ってました」

「パトカーが見えたんで近道しようとしたってことだな。午前二時にネジ回しとハンマー持って何してた？」

「ネジ回しは持ってなかったです」

「誰が持ってた？」

「俺の相棒です」

「相棒はいまどこだ？」

「死体保管所」

「そりゃよかった。お前も逃げなかったのは残念だな。お前、頭おかしいのか？」

「医者に訊いてください」

「そもそもお前をメナード〔イリノイ州南にある矯正院〕から出すなんて、医者の方がよっぽど頭おかしいぞ。お前、また殺人罪で挙げられなかっただけラッキーだぞ」

「挙げられたらよかったですよ」

「どうして？」

「楽に死ねるから」

「ガス、試したことあるか？」

「いいえ、でもけっこういいいって聞いてます」

分署長は疲れた顔で、耳を澄ましている人々の方を向く。「寝るときにボクシングのグラブつけないからああなるんです。次」

女物の服を着て、捨てられた女物の帽子をかぶった中年の黒人男。

「こいつは飛ばせ」分署長は指示した。「こいつに必要なのは治療だけだ。じゃなきゃガス室だ。見てみろ、あの目。目と目のあいだに銃弾受けるべきだな。次」

夜によっては、十一時にはもう、全員絞首刑にすべきだという気分に分署長はなっている。晩によっては、お前ら代わりばんこに高架鉄道に飛び込めと促す。高架の列車はひっきりなしに轟音を立てて通り過ぎていく。あるときは、書類偽造犯に、下の階のロビーでピストル自殺すると約束したら即刻自由にしてやると持ちかけた。「銃も貸してやる」と分署長は持ちかけた。今夜はガスを勧めている。

「飲み屋の奥の部屋で眠っちまったんです」次の男が釈明した。「出ていこうとしてたんですけど」

「儲け持って逃げようとしてたってことだな」

「俺、これからまっすぐな人間になります」

「まっすぐ刑務所に戻るってことだな。お前もうおしまいだよ」

「逃げたら違いますよ」

「お前なんか濡れた紙袋からだって逃げられやしねえよ。警察が入ってきたとき、銃持ってただろ。なぜ撃たなかった？」

「分別ありますから」

「腰抜けだってことだな」

「俺、腰抜けじゃありません」

「違うのか？　まるっきりそう見えるがな、鼠君《ミスタ・ラット》。見てください、こいつ」と分署長は聴衆に訴えた。「こいつは二十二で、どう見ても四十だ。次は？」

列の最後五人のうち四人はみな未成年の小柄なイタリア系で、同じ通貨交換詐欺に関わっていた。五人目以外は何も喋らなかった。

「ぼ、僕、この四人に不利な証言をしろって言われてるんです」五番目の男がおずおずと白状し、仲間の方をあごで指した。四人はまっすぐ前を見て、分署長は五人目をじっと見た。

「ちゃんと話した方が身のためだぞ、カール」と分署長は重々しく忠告した。「じゃなけりゃステーツヴィル〔イリノイ州クレスト・ヒルにある重犯罪者用刑務所〕にいた方が身のためだ」

次は眼鏡をかけた、生牡蠣色の顔をした太った少年だった。

「お前か、妙な手紙送りつけたのは？」

「そうです。パン屋の女の子に。あの子と取引きしてるんです」

「向こうはお前なんかと取引きしたがっちゃいねえよ。次」

二十歳の若者で、髪はくしゃくしゃ、気は好さげで呑気そうなポーランド系、着ているセーターには羽根の付いたローラースケートが赤、白、青で浮き彫りに。

「逮捕されたときお袋さんに何て言ったか聞かせてくれ、チェスター」

「『母さん、いままで二十年、僕のために働いてくれたね。これからは自分のために仕事見つけてよ』」

「お袋さん、何の罪でお前をここに入れた？」

「俺、親父をパンナイフで刺しまして」

「葬式には行くのか？」

少年は片方の眉をさりげなく分署長に向けて吊り上げた。「当然ですよ。タダ酒が出るんなら」。そしてあくびをした。

分署長の顔が真っ白になった。「こいつをご覧ください！」と叫んだ。あたかもすでにすべての目が少年に釘付けになっていないかのように。「あそこにいるあいつをご覧ください！　ＤＳＣ〔殊勲十字章〕もらえる気でいるんです！」

少年は退屈そうだった。何をもらうかはちゃんとわかってる。

「俺、酒飲んで喧嘩するだけです」次の男がひっそり打ちあけた。その証拠に、こめかみのあたりに包帯を巻いている。

「三九年に一八〇日入ってたのは何でだ？　道路の間違った側歩いてか？」

「俺、喧嘩するだけです」

「ターナー・グレイディって誰だ？」

「俺の偽名です」

分署長が読み上げた。「ターナー・グレイディ、暴行強盗罪、ターナー・グレイディ、多大な肉体的傷害を与える暴行罪――」

「それってきっと誰か別の人です。俺、喧嘩するだけです」

「所有者の同意なしに運転してスピード違反しました」次の若い男が明るく認めた。

「それは自動車泥棒にならんな。そんなにスピード出して、どこへ行こうとした？」

「女房に会いに」

「カミさん、お前がたどり着かなくてよかったな。次」

「私、えらく酔っ払いまして、服も乱れておりました」と次の老人が告白した。べったりした鼻、さかりのついたハイエナみたいな下卑た笑い。

「つまりお前は人食いで、三歳のときに溺れさせるべきだったってことだな。お前みたいな奴を野放しにしとくのは危険だ。脳味噌の屋根が雨漏りしてるぞ。次の奴、仕事は？」

「機械工みたいなもんです。ジュークボックス修理」

「ふざけるな。相棒に誰かの両腕摑ませてお前が下から両脚に蹴り入れるんだろうが。なぁにが機械工だ。シェルビー郡刑務所には何で入ってた？」

「スリ」

「また嘘だ。お前、雨水樽にだって手ぇ入れられやせんだろうが。ただの強盗だ、俺に言わせりゃ」

「それはそちらがそう言ってるだけで」

「こちらが何言ってるかが物言うんだよ。お前いま、取調べ受けてるんだぞ。次」

列の最後の男は、照明の当たった壁に串刺しにされたみたいに立っていた。裾の長い、とっくの昔に合わなくなった服に身を包んだ苦悩せるイエス・キリスト。背後に水平にのびた鉄棒をぎゅっと摑んで、頭上の番号によって割り当てられた境界から出まいと身を左右によじらせている。喋ると、悲鳴が抑えられてささやきになった声。

「自首――しました――常習者――です」

ぎくしゃく一言発するたびに、体全体が鉄棒の上でよじれる。拷問台に鎖で縛りつけられてるみたいだ。

「もぞもぞ動くのやめろ！」分署長がどなった。

「ここ――混んで――るんで」と常習者は情けない声を上げた。

「こいつが頭ブチ割る前にさっさと連れてけ。こういう奴放っとくと、人手がいくらあっても足りん。次」

「小賢しいおまわりに酔っ払いだと思われたんです。まるっきり勘違いです。私、血圧高いんで、それでフラフラしてたんです」

「で、フラフラ美容院に入ったわけか？」

「女房探してただけです」

「午前四時に？」

「女房、早番なんです」

「自分が働こうとしたことは？」

「したいこと、見つからないんで」

「お前がベッドで寝てて、仕事持ってる奴が隣に横になったら」分署長は穏やかに訊いた。

「その仕事、受けるか？」

「はい。受けます」

「でも起き上がって探しに行きはしないんだな。でだ、もしあの警官が良心のない人間だったらお前いまごろ死体保管所にいるぞ。それで警官何人か、七百ドル昇給になっただろうよ」

「大きな手術《オペレーション》受けたばっかりなんで」

「その手の警官が担当《オペレート》したら絶対死体保管所行きだぞ」

「血圧、高いんで」

それですべて説明がつくらしかった。分署長は戸惑った目で男を眺めた。「なんで初めにそう言わなかった？　みんなお前のこと、有罪だと思ってたんだよ。本件、却下」

次の若者はハリウッド大通りみたいに見えた。ハンサムで若い大男が、お洒落なタンカラーのトップコートを着ている。

「名前は、レイディ＝キラー？」

「それはどうですかねえ」

「最終学歴は？」

「ありません」

分署長は記録に目を落とした。「ケリー・コステロ——一九四一——夜間侵入強盗。ケリー・コステロ——一九四二——個人から窃盗。ケリー・コステロ——一九四四——受寄者による窃盗——」

「一九四三も忘れないでくださいよ」若者が進言した。分署長は誤りを正した。「ケリー・コステロ——一九四三——器物損壊——」

「ちゃんと言ってくれなきゃ。金庫爆破でした」

「どうしてわかる？　お前、自分の名前も知らねえじゃないか」

「いま読んだじゃないですか。間違ったら教えてあげますよ」

「こっちからも教えてやろう、頭いいの。お前、今回はすごく長く入るから看守になった気がするだろうよ。次」

神経質そうな、一五〇センチしかない小男で、アンプの前で頭をひょこひょこ揺らして、六つのことを一度に言おうとしている。

「夜勤だったんですそれで――」

「何勤だろうとどうでもいい、ここには何で来た？」

「街路の歩き方が不審だと――」

「裏道だろうが。牛乳配達人のあとをつけて――」

「いえ違います。酔っ払って頭空っぽになってたんです。こうじゅう便所探してて――」

「何だと――裏道じゅうどこでもできるってのに？　何杯飲んでたんだ？」

「一杯だけです」

「グラスか、バスタブか？」

「それがですね、相棒と一緒に海兵隊に志願しようと思って郡庁舎行ったんですけど、相棒は不合格だったんで、待とうぜ、代わりに海軍航空隊に志願しようぜって相棒が言ったんです」

「で？」

「で、そっちも奴は不合格だったんで、陸軍もやってみたんですが、それも落ちまして」

「で、二人で飲みに行って酔っ払ったのか？」

「いえ、俺だけです。相棒が気の毒で仕方なくて」

「いままで逮捕されたことは？」

「いいえ。これが初めてです」

「今週初めてってことだな」

「いやまあ、ミシガンでは逮捕されましたけど。イリノイでは一って意味かと思ったんです。イリノイでは一度も逮捕されたことありません。イリノイで悪いことしたことないです」

「それが何の足しになる？」

「なりません。とにかく俺、この州大好きなんで、盗むのはミシガンまで行くわけです」とほとんど至福の表情で説明した。

「そこに掛かってる聖人の絵に合わせたポーズ取るの、やめてくれんかね」と分署長は切なげに言い、それから、ふと何か思い出したらしかった。「いつだったか、母親の墓に花を供えに行く途中で捕まった小僧、お前じゃなかったか？」

「それ、俺です」。得意顔。

「墓に母親と一緒に埋葬してやればよかったな。次」

「コートみんな、誰が盗んだ？」分署長は次の男に訊いた。

「誰も」

「どこにあるかわからんのか？」

「もちろんそんなことありません」。いい加減なこと言わないでくれ、と憤慨している顔。

「じゃどこにある？」

「警察署に」

「それで全部片がつくんだろうな」

「俺はやってないってこと以外は」

「お前、所得税は払ったか？」

「俺、五百年かかって五百ドルも稼いでないですよ。警察の相手で忙しくて」

「中に入ったらいくらでも暇あるさ。次」

男たちがゾロゾロ一列で立ち去るのと入れ替わりに、中年の赤毛女が婦人看守に押されるようにして入ってくる。

「今回は何なんだ、ジンジャー？」

「わかりません、署長さん」

「俺は連れてこいなんて言ってないぞ。あの男と酒飲んだのか？」

「二杯ばかり」

「男の奴、いつか目覚めると思うか？」

「ベッドに入ったことも知りませんでした」

「四四年の百日と百ドルは何だったんだ？」

「罰金、払いませんでした」

「俺が代わりに払ってやしないぞ。その時は何を盗んだ？」

「何も盗んでません。ハウスドレス買おうとしてただけです」

「ハウスドレス？」分署長は耳を疑った。「お前が何でハウスドレスなんて要る？　家になんかいないじゃねえか」。それから、相手がこの矛盾を説明する間も与えずにパンチをくり出す――「ヒル&ヒルにアミタールを入れたのは誰だ？」〔ヒル&ヒルはバーボンのブランド名、アミタールは鎮静・催眠剤〕

一瞬垣間見た恐怖の影、のようなものが女の打ちひしがれた顔をよぎっていく。女は前にもここに、やはり安物のコートを着て、薄汚い帽子をかぶって、スリップがはみ出た格好で立ったことがある。今夜もほかの夜と同じにちがいない。ただし今夜は男が一人死んでいる。

「お前は一九二一年からずっと、妙な真似ばかりやってきた」と分署長は考え深げに言った。

「いまはただの商売女だ。たまには短い桟橋を長く散歩してみろ〔くたばっちまえ、の意〕」

列はいつまで経ってもなくならないように分署長には思えた。カーテンの掛かった売春宿から、南京錠のかかったビリヤードルームから、連中は永遠にやって来る。彼の人生はもはや曜日で区切られるのではない。見えすいた嘘を差し出すボロ着の男たちの単調な声によって区切られるのみ。「ついその気にさせられて、強盗して強姦したんです」「男に銃つきつけられて、俺の家の窓割ったろって言われたんです」「俺が誰かを強盗したってあちらは考えていて、俺はそう考えないわけです」「放火罪とか何とか言われてます」「軍隊出たばかりで、ここはひとつ自分で仕切らなきゃって思ったんです」「雇ってくれた人の金持って出ていきました。家族に必要だったんで」「未成年者に寄付しました」

この最後の科白に出くわすと、分署長はいつも訊いた。「何を寄付した？」

「いや、キャンディを少し」

「お前いつも女の子にキャンディやってるんだな。何で俺にはくれない？」

分署長はそれくらい疲れていた。

「プレシディオの刑務所には何で入ってた？」

「虚偽表示で」

「虚偽表示？　どういう意味だ？」

「俺がやらなかったこと、ってことです」

「なるほど。で、アレゲニー郡矯正院には何で入ってた？」

「釣りをして」

「今度はほんとのこと言ってるな。窓越しにズボン釣ったんだよな。この州じゃそういうことやるの、免許が要るんだぞ。お前みたいにとことんねじくれてる奴は、死んだら地面にねじ込むしかねえな。次」

「ある晩三回、脅迫電話受けまして、三十一丁目の高架に来い、お前をナイフで殺したい奴がいるからって」

「で、当然行ったと」

「はい、そうです。当然」

「抜け目ないこった。で、どうなった？」

「どうもなりませんでした。俺がそいつを切っただけです」

「そのとき、首振れってそいつに言ったのか？」。分署長は答えを待たなかった。ふうっと大きくため息をついただけで、次を出せと合図した。

「家で酔っ払ってわめいてました」

「お袋さんを殴ってたってことだろ。お前、三三年にガスの本管から盗むことから始めて、いまに至ってお袋さんを殴ってるわけだ。見上げた奴だな。四三年は何で入った？　いま世の中じゃ戦争やってるって誰かから聞いたか？」

「そのときは女の子と歩道で取っ組みあったのと、ドア越しに男と話したのが理由でした」

「何を話しあった？　死体をどう始末するか、か？」

「お前マーフィって名前の奴に用があるだろって言われたんですけど、俺マーフィなんて一人も知らなかったんです」

「じゃあマーフィを一人も知らないせいで六か月入れられたのか？」

「まあそういうことですね」

「環境の犠牲者だな。絞首刑になればよかったのにな。次の奴、どこで逮捕された？」

「女房のすぐ横で」

「そりゃずいぶんだな――何もそんなときにアパートに踏み込んでこなくても。それってひどくないか？」

「あの人たち、違う人間探してたんです」

「で、代わりにお前を捕まえたわけか。その方がもっといいもんな。タンスに入ってたゴム手袋は何のためだ？」

「医者やってる友だちの持ち物だったんです」

「テープは」

「窓の修繕に」

「マスクは」

「ハロウィーンのパーティで使いました」

「その日の夕方、盗難車に乗ってたか？」

「友だちが乗っけてくれたんです。あいつらが何するつもりか、知らなかったです」

「何のために奴らがお前乗せたと思うんだ、バラストか？　次」。白人黒人の混血で、ヘロインがまだ脳の隅っこを物珍しげにうろついてる男がマイクの前に黙って立って、両目は何人《なんぴと》にも所有されざるあの岸辺に注がれている。やがてマイクは動かされ、列の最後の男への質問も終わり、分署長は疲れた声で「この男たちのいずれかが誰だかおわかりの方、どうぞ前に出てください」と頼んでいた。

混血の男がいまごろ反応した。一歩前に出る。「あなたが――誰だか――わかります」とまっすぐ前を見て宣言した。

「俺が何をしたってんだ?」。分署長はいささかうろたえているようだった。

「あなたは——私に金を投げつける——いつもいつも」

「そこにマイクを戻せ」分署長が命じた。「服役したことは?」

若者の声が何の抑制もない悲鳴となって噴出し、アンプの金属の下枠がかすかに共鳴した。

「五十五年間!」

虐げられた脳の苦悩を鎮めようと、分署長は静かに喋った。

「お前が入ってたのは一年と一日だよ、オリヴァー。五十五年に思えただけさ。それって密売でか、それとも不法所持か?」

「それに一九〇足せよ! そうして**跳べ**——**跳べ**——悦びに**跳べ**——子供たち、悦びに**跳べ**!」

「お前いったい何飲んでるんだ?」

そしていまや声は、恐怖に包まれた、ごくかすかなささやきと化した——

「ゲージ〔マリワナのこと〕」

「ゲージでそんなふうに吠えやしないぞ」

返事の声は悪戯っぽく、クールで、親しげで、でも悲鳴の一歩手前だった。「ペパーミントですよ、署長さん——俺、ペパーミントやると、嬉しくて**跳びたく**なるんです」

「メンフィスで喰らった刑は何のせいだった?」

声が笑いの叫びとなって戻ってきた。

「単なるぐうせんです！」

「殺人容疑不起訴——これ何だったんだ？　これもやっぱりぐうせんか？」

「単なるぐうせんです！」

分署長は悲しそうな顔であきらめた。永久にあきらめたみたいに見えた。頭上の照明が暗くなり、その夜の最後の列もぞろぞろと去っていった。年期の入ったごろつき、荷車泥棒、たかりに詐欺師、コソ泥、暴漢、恐喝者に酒飲み、ブルックリン出の押入り、どこの出とも知れぬ荒くれ者。彼らがだらだら立ち去るなか、例の麻薬常用者は依然、独房が並ぶずっと奥から虚ろなしゃがれ声を響かせる、狂ったオウムのように、何度も何度も、「単なるぐうせん！　何もかも馬鹿みたいなぐうせん！」。

やがて残っているのは分署長だけになり、あとはその声のこだまと、常灯明みたいに頭上ずっと高く上で熱っぽく燃える一個の照明のみ。

その光が一晩じゅう自分のために燃えつづけることを分署長は知っている。眠りの秘密の浅瀬で光は彼を待っているだろう、あの遠い岸辺から輝きを発して。

あるいは無数に鉄柱の並ぶ高架の下で、光は青白い、淫らな顔たちを照らすだろう。

分署長は悪い夢をいくつも見た。

けれど彼は、黄昏の光に包まれた岸辺には決してたどり着けないだろう。

編訳者あとがき

『アメリカン・マスターピース　古典篇』に続く準古典篇である。古典篇と同じく「編訳者が長年愛読し、かつほとんどの場合は世に名作の誉れ高い作品」を集めるという発想の下、二十世紀前半（細かく言えば一九一九年〜四七年）に執筆・発表された作品を集めた。「古典篇」あとがきでは古典篇、準古典篇、現代篇を予定していると書いたが、収録したい作品はあまりに多く、準古典篇は結局二分され、「準古典篇」（本書）と今後手がける「戦後篇」に分かれることになった。

二十世紀前半とは、二つの世界大戦にはさまれた時代であり（第一次世界大戦は一九一四〜一八年、第二次は一九三九〜四五年）、アメリカが世界の大国となった時代であり、現代生活の核となる発明（自動車、電話、映画、ラジオ、ギリギリでテレビも）が次々と現われ広まった時代である。

アメリカはそうした変化の波を一番大きく被った国であり、そもそも多くの面においてそういう変化を引き起こした国である。当然ながら、国のありようも半世紀で激変した。戦争の時代であった一九一〇年代ののち、二〇年代には未曾有の繁栄を経験し、禁酒法にもかかわらず飲酒をはじめ快楽追求の風潮はむしろ強まり、それが二九年十月二十四日の株価大暴落を境に一変し、三〇年代はあたかも誰もが腹を空かせていたかのような大恐慌時代となり、それが過ぎたかと思うとヨーロッパでナチズム、ファシズムが擡頭して、四〇年代はふたたび戦争の時代に入っていく。そうした激変の時代にあって文学・文化も大いに変化し、特に一九二〇〜三〇年代はモダニズムと呼ばれて斬新な作品が世界中で同時多発的に生み出され、一方で大衆文化も飛躍的に成長した（映画俳優、野球選手といった「スター」という概念が定着したのもこの時代）。そういう変化に、このアンソロジーに収めた作品がどこまで寄り添っているか、いないか、考えながらお読みいただくのも一興かと思う。

作品は発表年順に並べてある。以下、個々の作者・作品について基本的情報を記す。

シャーウッド・アンダーソン（一八七六―一九四一）

ひとつの町に住む人々が抱えた孤独を一つひとつ、共感と冷徹さをもって見つめた連作短篇『ワインズバーグ、オハイオ』（一九一九）で知られる作家。本書で訳出した「グロテスクなものたちの書」はこの連作短篇の巻頭に置かれ、本全体のイントロダクション的な役を果たしている。このアンソロジーでもたまたま巻頭に収まったので、同じような役割を担ってもらえるかと思う。

アーネスト・ヘミングウェイ（一八九九―一九六一）

小説の書き方という点で言えば、ヘミングウェイ一九二五年の短篇集『われらの時代に』（*In Our Time*）ほど大きな影響を後世に与えた書はほかに考えられない。抽象語を排し、目に見えるものを尊重して他人の内面に安易に立ち入らない、「膨らませる」よりも「削ぎ落とす」ことを旨とするその小説作法は、本書収録の、『われらの時代に』でも巻頭に収められている「インディアン村」（雑誌初出一九二四）にも顕著である。

ゾラ・ニール・ハーストン（一八九一―一九六〇）

小説家として、さらには黒人民話・風習研究者として目覚ましい成果を挙げたにもかかわらず、仲間の（男性中心の）黒人たちから理解されず極貧のうちに世を去ったが、一九七〇年代なかば、アリス・ウォーカーが文字どおり墓を発見するところからはじめて再評価が始動し、いまではアメリカ文学全体でも最重要の作家の一人と目されている。長篇『彼らの目は神を見ていた』（一九三七）が特に有名だが、作品群はいまだ発掘途上にあり、ここで訳出した、旧約聖書の文体を利用した愉快な「ハーレムの書」も、雑誌初出は一九二七年だが単行本収録は二〇二〇年に刊行された *Hitting a Straight Lick with a Crooked Stick* が初めて。

イーディス・ウォートン（一八六二―一九三七）

生前から広く読まれていた女性作家である。代表的長篇『無垢の時代』（一九二〇）で女性として初めてピュリツァー賞を受賞した。上流階級の家庭に育ち、身をもって知っていたその因習的な世界を、いわばフェアに辛辣に描く書き手である。第一次世界大戦中はパリにとどまり、女性や難民のために尽力した。幽霊小説にも佳作が多い。傑作「ローマ熱」は一九三四年発表。

ウィリアム・サローヤン（一九〇八―一九八一）

カリフォルニア生まれのアルメニア系作家。移民のコミュニティをおおむね牧歌的に描いて多くの読者に愛され、文章もシンプルであることも手伝ってか、日本でも伊丹十三、岸田今日子、小島信夫、三浦朱門といった多彩な顔ぶれが翻訳者として名を連ねている。「心が高地にある男」（"The Man with the Heart in the Highlands"）は一九三六年刊行の短篇集『3×3』に収められ、その後戯曲にもなって（*My Heart's in the Highlands*）ブロードウェイで大ヒットした。

デルモア・シュウォーツ（一九一三―一九六六）

一九三七年、その後重要な左翼系文芸誌となる『パーティザン・レビュー』再刊第一号に

「夢の中で責任が始まる」が掲載され、大きな話題を呼んだ。タイトルの“In Dreams Begin Responsibilities”は、アイルランドの詩人W・B・イェーツの詩集*Responsibilities*の巻頭句“In dreams begins responsibility”を踏まえている。こちらでは「責任」が複数になっているのは、そもそも「夢」の意味が多重だからである。この短篇自体が一人の若者の見る夢であり（その中で彼は人としての責任を学ぶ）、その夢に出てくる結婚前の両親もまた夢を見ている（夢＝恋愛の中で責任＝現実が始まる）。

コーネル・ウールリッチ（一九〇三―一九六八）

スコット・フィッツジェラルドに憧れて似たような小説を書きはじめるが芽が出ず、サスペンスに転向して成功した作家。ウィリアム・アイリッシュの筆名でも知られ、晩年は本名もウィリアム・アイリッシュに変えた（ただし公文書にはコーネル・ウールリッチと署名しつづけた）。人間がコントロールしようのない運命の力、どんどん（悪い方に）エスカレートしていく展開、一歩違えばユーモアに転じそうなグロテスクな状況（あるいは一歩違えばグロテスクに転じそうなユーモラスな状況）、といったこの書き手特有の要素は「三時」にも現われている。なおアルフレッド・ヒッチコック自身が監督した（「ヒッチコック・プレゼンツ」ではなく）テレビ番組では“Three O'Clock”が“Four O'Clock”になっている（一九五七）。

ウィリアム・フォークナー（一八九七―一九六二）

アメリカ南部にある架空の郡ヨクナパトーファを主たる舞台とする長大なサーガを生涯書きつづけた作家。アメリカ文学最大の小説家と言ってよいと思うが、本人にとっての「祖国」はアメリカというより南北戦争で北部に敗れた南部であった。「納屋を焼く」（一九三九）は葛藤の末に父の生き方を否定して旅立つ少年サーティ・スノープスの物語だが、結局このあとスノープス一族のサーガをフォークナーが発展させていく上で残ったのは父親のアブ（アブナー）・スノープスでありサーティではなかった。

F・スコット・フィッツジェラルド（一八九六―一九四〇）

華やかで享楽的な、だが背後に絶望の影を感じさせる一九二〇年代を代表する作家としてもてはやされ、その後作家としてはむしろ成長を続けたにもかかわらず時代の変化とともに世間的には忘れられていった書き手。二十世紀前半は今日とは違い短篇小説が金になった時代であり、フィッツジェラルドに限らず短篇は金のために書いたという面も少なからずあるが、その中から名作がいくつも生まれていることもまた確かである。「失われた十年」（一九三九）は短いながら、華やかだった二〇年代が残した虚無感をあざやかに伝えている。

ラルフ・エリスン（一九一四―一九九四）

一九五二年に出した『見えない人間』で、人間性を否定されるアメリカの黒人の状況をあざやかに物語化し、その後はまとまった作品を書くことがついにできなかったものの、この一冊でアメリカ文学史に確固たる地位を築いた。「広場でのパーティ」は死後に発見された原稿で、一九三〇年代後半に書いたと思われるが、作者自身はタイトルも付けていない。無理もない――一九三〇年代に黒人作家が、白人の少年の視点から黒人のリンチについて語る話を出版するのはおよそ不可能だっただろう。

なお、この小説でも、フォークナーの「納屋を焼く」でも、アメリカ黒人を意味する、現在では嫌忌されている言葉が多用されるが、その言葉が日常的に何の迷いもなく使われていた文脈がかつてあって、その中でこれらの小説が書かれていた感触を伝えるのが翻訳の務めと考え、そのままカタカナで記してある。

ユードラ・ウェルティ（一九〇九―二〇〇一）

一九四〇年代から半世紀にわたりアメリカ南部を舞台に小説を発表しつづけ、このアンソロジーの中で唯一、二十一世紀まで生きた書き手ということになる。白人が黒人の立場に立って書けるか、というのは近年微妙な問題だが、ここに収めた「何度も歩いた道」（一九四一）は、白人女性である作者が黒人の老女の内面に敬意をもって寄り添っている作品として見事である。

ネルソン・オルグレン（一九〇九―一九八一）

シカゴのサウスサイドで育ち、社会の裏側の、チャチなギャングやボクサーや娼婦や酔っ払いやドラッグ中毒者等々の住む世界を描きつづけた無頼派作家。ボーヴォワールの恋人だったことや寺山修司に大きな影響を与えたことでも知られる。「分署長は悪い夢を見る」はそうしたもろもろの裏街道人間が次々登場する短篇集 *The Neon Wilderness*（1947）の冒頭に収められ、これ自体が裏街道人のオンパレードであり、アンダーソンの「グロテスクなものたちの書」と同じく作品全体のイントロダクションになっている。スラング満載で翻訳困難な（だからこそいままで翻訳がなかったのだろう）この作品を訳すにあたってはローレル・テイラーさんのご協力を得た。深く感謝する。

このアンソロジーはそれぞれの作家のベスト作品を選ぶのが基本方針であり、ほかにどの翻訳者が何を訳しているかはほとんど意識していないが、フィッツジェラルドに関しては、やはり村上春樹さんの訳業を意識しないわけにはいかず、「リッチ・ボーイ」「バビロンに帰る」といった本格的短篇を自分が訳し直すことの意義に自信が持てなかった。この「失われた十年」のような短い、鮮烈な印象を残す作品であれば何とかなるかと思ったのだが、結果はいかに……。フォークナーに関しても、名作「あの夕陽」が『アメリカ短編ベスト10』（平石貴樹訳、松柏社）、『ポータブル・フォークナー』（桐山大介訳、河出書房新社、タイトル「ザット・イヴニング・サン」）に訳出されていなかったら、「納屋を焼く」とどちらを選ぶかで迷ったにちがいない。

今日人々が最新の配信映画・ドラマを「あれ観た？」と話題にするように、優れた短篇が雑誌に載れば「あれ読んだ？」と話題になった時代の粋を集めた一冊である。再読、再々読に堪《た》える作品ばかりである。何度も味わっていただければと思う。

初出一覧

＊単行本化にあたって、加筆・訂正しています

インディアン村　*Coyote* 44、スイッチ・パブリッシング、二〇一〇年、のちアーネスト・ヘミングウェイ『こころ朗らなれ、誰もみな』に収録、スイッチ・パブリッシング、二〇一二年

心が高地にある男　「花椿」新装刊0号Book in Book「花椿文庫」、資生堂、二〇一六年

広場でのパーティ　*Monkey Business* 2、ヴィレッジブックス、二〇〇八年

何度も歩いた道　*MONKEY* 28、スイッチ・パブリッシング、二〇二二年

分署長は悪い夢を見る　*MONKEY* 27、スイッチ・パブリッシング、二〇二二年

その他は訳し下ろし

柴田元幸〔Shibata Motoyuki〕
1954年生まれ。米文学者、東京大学名誉教授、翻訳家。ポール・オースター、スティーヴン・ミルハウザー、レベッカ・ブラウン、ブライアン・エヴンソンなどアメリカ現代作家を中心に翻訳多数。著書に『ケンブリッジ・サーカス』、訳書にジャック・ロンドン『犬物語』、マシュー・シャープ『戦時の愛』などがある。2017年、翻訳の業績により早稲田大学坪内逍遙大賞を受賞。現在、文芸誌『MONKEY』の編集長を務める。

柴田元幸翻訳叢書

アメリカン・マスターピース　準古典篇

2023年7月11日　第1刷発行

著　者
シャーウッド・アンダーソン他

編訳者
柴田元幸

発行者
新井敏記

発行所
株式会社スイッチ・パブリッシング
〒106-0031　東京都港区西麻布2-21-28
電話　03-5485-2100（代表）
http://www.switch-pub.co.jp

印刷・製本
株式会社精興社

本書へのご感想は、info@switch-pub.co.jp にお寄せください。

ISBN978-4-88418-617-3　C0097　Printed in Japan